0能者
九条湊
8
葉山透
Tohru Hayama

目錄

0能者 九条湊 8

Tohru Hayama

葉山 透

REINOUSHA MINATO 0

【Key words】

異怪

泛稱超脫人世間常理的事物。從童話中出現的妖怪，到由無形怨念澱積形成之物，種類可說多不勝數。異怪的行動原理不是人類所能忖度，往往作風殘忍，是人力無法應付的威脅。

御蔭神道

以討伐異怪為使命的集團，據說起源可追溯到飛鳥時代。長年鑽研退魔之術，擁有無法輕忽的驚人實力，已經達到無人能及的地步。和警方與行政機關也互有聯繫管道，在科學興盛的現代仍然保有相當的影響力。

總本山

和御蔭神道同樣是以討伐異怪為使命的集團。由於信奉密宗，歷史較御蔭稍淺，但起源無疑可以追溯到平安時代。創辦當初的情形已不可考，但有跡象顯示他們與御蔭神道也有過交流。兩者並稱討伐異怪的雙雄。

【Characters】

九条 湊

在退魔師業界受人排擠，被揶揄為「零能者」的青年。作風令人難以捉摸，說話犀利毒辣，卻又從不吃虧。這樣的態度讓他樹敵無數，當事人卻似乎不放在心上。他毫無靈力或法力，卻屢屢以驚人的慧眼，找出沒有人想到的方式打倒異怪。

山神沙耶

御蔭神道的巫女。還只是高中生，就已經有著能夠執行降神的優秀才能。個性正經八百、不知變通，讓她經常陷入煩惱。個性太老實而不懂得懷疑別人，也使她不時被湊揶揄「死腦筋」。

赤羽勇氣

年紀雖小，卻已擁有令總本山眾高僧另眼相看的高強法力。在退魔方面天賦異稟，但也因此遭人嫉妒而孤立。心中並存著早熟的冷漠與幼稚的自我表現欲，不時會表現出叛逆的態度。其實也有著怕寂寞的一面。

水谷理彩子

御蔭神道的巫女。年紀輕輕就已經升到正階的高位。有著解決過多起異怪事件的實績，從過去就與湊有來往。溺愛外甥女沙耶，以嚴厲中帶有慈愛的態度照看著她。

荒田孝元

總本山的法師。交涉能力卓越，位居高位。他穩重的態度與臉上始終帶著笑容的模樣，也讓許多人對他抱持好感。是少數不輕視勇氣，以真摯態度對待他的人。和湊與理彩子似乎是老交情了。

【第一話】
劣

序章

這棟建築物，人稱「吞人館」。

這棟洋房座落於一座略高的山上，有山腰間的樹林掩蓋。連山腳村莊的老人也不知道是何時蓋的，只問得出「不知不覺間就有了這棟洋房」這種模糊的答案。

聽說屋主是一名叫做無限令的男性，但也沒有人見過他。

吞人館的名稱由來，反倒十分明確，因為去了那棟洋房的人，幾乎都不曾回來。

有人說，看見了不像人世間會有的可怕影子；也有人說，聽見了令人背脊發涼的叫聲。這樣的傳聞從未停過，當地人視為怪物聚集之館，絕不靠近。

近年，似乎有靈異雜誌不知道從哪兒聽到消息，把這裡當成靈異景點來介紹。這本雜誌雖然小眾，但仍有幾組靈異迷讀了雜誌後造訪吞人館。

結果，其中幾組就體現了吞人館的傳聞，並未回來。

接獲民眾報案後，警方也有了行動，展開搜索，但在洋房周遭未能發現失蹤者的線索，洋房本身又門窗緊閉，莫名地連進都進不去。

警方對外表示，洋房內也已經搜索完畢，失蹤者的搜索行動就這麼告一段落。

隨後，有十名左右的男女來到吞人館前。

他們不是看了雜誌報導而跑來的靈異迷。雖然身上服裝統一，但並不是警察。男女的服裝大不相同，男性做僧侶打扮，女性則穿著巫女裝束。

兩者互相保持些微距離。從這微妙的距離來看，似乎並非敵對，但也不友好。

「這裡就是吞人館嗎？」

一名僧侶仰望建築物說。

「裡頭有異怪的妖氣，而且不是只有一、兩個，有很多……」

一名巫女以緊張的神情說道。

「……很強啊。」

有人喃喃說了這句話。

就在這句話的觸發下，他們的手放上了大門。

能夠進到建築物最深處的，只有兩名僧侶以及一名巫女。

只有三分之一的人能夠抵達這裡，其他人全都被聚集在這吞人館裡的異怪殺了。

第一話「劣」

兩個組織間微妙的距離，在遭遇第一波異怪時，立刻被拋諸腦後。
並非他們想到要採取合作態勢，純粹是在從四面八方湧來的異怪攻擊下，為了保護自己的性命只得全力抗戰。
他們聽著一一倒下的同伴發出的垂死哀號，但仍一路朝最深處前進。進到愈深處，異怪的數量愈少，感覺到的妖氣卻愈來愈強。
感受到來襲的異怪說什麼也不讓他們通過的決心，讓他們十分不解。因為他們覺得這些異怪彷彿在保護某種事物。
「這扇門後，就有著異怪想保護的事物嗎？」
最深處有著以橡木製成的對開式木門。
異怪賭上性命也要保護的事物到底會是什麼，誰也無從想像。
而且有種決定性的突兀感。
「為什麼？為什麼來到這裡卻沒有異怪的妖氣？」
說出這句話的是法僧，一名巫女表示同意地微微點頭。決心化為言語，從她緊繃的嘴唇吐出。
「開了門就會知道。」
門並未上鎖。對開的門就像要迎接他們，輕而易舉地開了。
一打開門，正要走進門後的三人就停下腳步。因為等著他們的，是他們完全意料不到的情形。

讓他們停下腳步的，是嬰兒的哭聲。

房間內的情形也的確異樣，就像上個世代的實驗室會有的光景，牆邊排放著各式各樣的實驗器材。

但在這令人毛骨悚然的吞人館裡，這個情景也許反而搭調。

不過，天真無邪的嬰兒活力充沛的哭聲，在這個場面就真的非常異樣。

哭聲是從房間正中央的床上傳來的。哭聲有兩個，兩個嬰兒在床上大聲哭泣。

四處都沒有異怪的妖氣。嬰兒並非異怪變化而成，這對於能夠察覺異怪妖氣的僧侶與巫女來說是顯而易見的，但他們還是大惑不解。

——難道說，這裡的異怪是在保護人類的嬰兒？

嬰兒不理會他們的不解，哭聲只大不小。

唯一活下來的巫女再也忍不住，跑向嬰兒，抱起來開始哄。

「不要哭了，來，乖。」

巫女露出溫和的微笑。嬰兒不可思議地看著她的臉，過一會兒天真地笑了出來。

「喂、喂……」

「這兩個孩子不是異怪，是人類。如果懷疑，儘管自己抱抱看。」

巫女將嬰兒塞給還在懷疑的僧侶後，安撫還在哭的另一個嬰兒，很快就將哭聲轉變為笑聲。

第一話「劣」

這起吞人館事件，導致總本山的法僧與御蔭神道的巫女各有四人陣亡，結局卻令人意外。聽完結果的雙方高層，從報告中得出這樣的結論：

——那是異怪擄去的小孩，多半是打算餵給異怪吃吧。

但活下來的巫女與僧侶等三人，都知道事實並非如此。

因為吞人館的異怪，顯然在保護這兩個嬰兒。

1

白銀鈴的早晨開始得很早。

住在御蔭神道修練場的巫女，一律要在四點起床，無論夏天或冬天都不變。雖然今天是週六，但她們當然沒有週休二日的概念，幾乎沒有假日可言。

起床後的第一個小時，要做的是打掃神社用地。鈴分配到的，是位於廣大神社用地內的社務所之一。她用桶子汲水，用抹布擦拭走廊與鋪有木板的房間。

鈴從嬰兒時期被收養至今的十六年，幾乎每天都做這些事情，但早春冰冷的水仍是最冰寒透骨。會是因為嚴冬時一切都很冰冷，但春天時身體已經漸漸習慣溫暖的氣候嗎？

「嗚嗚，好冰。一個十六歲少女，為什麼非得做這種事情不可呢？」

鈴內心覺得，讓她們用熱水不是很好嗎，還想過要偷偷用。然而過去幾次試圖付諸實行，卻每次都莫名地立刻被拆穿。

這天早上特別寒冷，水冰冷得刺骨。鈴認真評估這和用熱水被發現而被訓話兩小時哪一種比較好，最後決定這一天忍耐著用冰水。

「畢竟今天是約好的日子。」

若是重要的一天得從被訓話開始，未免太呆、太沒出息。鈴為了振奮精神，捲起袖子，大喊著用抹布擦拭走廊。

「唔喔啦啊啊！」

她像頭猛衝的野豬，一路往前擦拭，結果——

「呀啊啊！」

聽到一聲小小的尖叫。

抬起頭一看，眼前有個嚇了一跳而縮起身體的年輕巫女。

「啊，該不會是沙耶？」

「嗯、嗯。小鈴？」

「哇啊，是不是半年沒見啦？好懷念喔。」

鈴張開雙手想去抱她，但沙耶立刻避開。

「啊，抹布。不要還拿著溼答答的抹布就來抱人。」

「我們的友情會因為一塊抹布就毀掉嗎？」

「是不會，可是小鈴，抹布要好好擰乾才行。妳看，這樣走廊都積水了。」

「誰叫水那麼冰。」

「就跟妳說了，不好好擰乾會更冰的。」

「真是的，沙耶簡直像個囉唆的小姑。雖然妳就是這點可愛啦。來來來，好久沒有見面了，讓我抱一下。」

鈴揮來揮去的抹布灑出水滴，整個人就像足球或籃球的防守球員一樣，逼得沙耶沒有地方可退。

「算我求妳，不要這樣。」

鈴看到沙耶像被逼得無路可逃的小動物一樣擔心受怕，覺得心滿意足，把抹布扔進了水桶，點點頭說「知道厲害就好」。

「那麼，妳怎麼會來這裡？被休了？」

「我下山又不是去結婚……從昨天我就被指派去整理書籍了。」

「這樣啊。哼～畢竟沙耶對這種瑣碎的事情很拿手嘛。可是，妳好見外喔，明明可以早點來見我。」

鈴和沙耶年歲相近，是很合得來的朋友。沙耶在御蔭神道生活的時期，她們幾乎每天都形影不離。

「對不起喔，昨天我看到妳的時候，妳好像正在忙。」

「又沒關係。今天妳也會一整天都待在書庫嗎？要變成書蟲？」

「不會，我想上午就會結束，所以下午……大概會待在事務所吧。」

沙耶說到後半，話語莫名地夾雜著嘆氣。

「事務所？對喔，聽說妳在阿姨的介紹下，跑去一個叫零能者三条還是八条的可疑男人那邊，每天通勤去當他老婆。」

「等等，不要亂講。」

「可是大家都在傳耶，說得天花亂墜。」

「什麼樣的傳聞？」

「說他從以前就追求沙耶的阿姨——那個超漂亮的無口大人，可是經過很多戲劇化的轉折被甩掉了，這次想要拐騙她的姪女沙耶。還說無口大人也是因為被他抓到把柄，只好犧牲沙耶。總覺得像源氏物語那樣狗血的愛恨情仇劇耶，沙耶不就是紫夫人了嗎？」

沙耶的臉色迅速轉為蒼白。

「有、有這麼亂七八糟的傳聞喔？真的嗎？」

「嚴格說來，是我創作出來的，正打算讓它傳開來。不用擔心，等到半個月後，大家就會都聽過，一個月後就會變成真的。」

「哪裡不用擔心了！」

「如果不希望這個傳聞被傳開，妳下午可不可以陪我一下？那地方我去不慣，一個人去會覺得很無助。」

她執起沙耶的雙手。

「我帶妳去見我最重要的人。」

鈴說完，露出少年般的笑容。

第一話「劣」

2

大概是已經許久不曾走出御蔭神道的神社，一走出大門，鈴就大大舒展筋骨。

「果然外面的空氣就是不一樣。」

「妳走出大門還不到一公尺吧？」

「但還是不一樣。是一種叫做自由的香料，把空氣的氣味變成了豪華又芬芳的香氣。」

兩人並肩走下山路。御蔭神道並不是位於遠離人群的深山裡，但和民宅仍然保持了相當的距離，她們非得走上好一會兒山路不可。

「這所學校的制服好可愛喔。」

昨天沙耶是直接從學校回到御蔭神道，所以身上還穿著制服。她正後悔地心想，早知道要兩人一起出門，說什麼也應該先換上便服再來。

「小鈴還沒去上學嗎？」

「嗯，都是遠距教學。」

沙耶進御蔭神道時，鈴已經在了。

不知道為什麼，只有鈴過著受到嚴格規則限制的生活，不讓她去上學也是這諸多限制之一。

她光是出個門，都需要經過好幾個上層的人批准。

沙耶不知道為什麼只有鈴如此。

——因為我是大家寶貝的掌上明珠啊。

鈴這樣拿自己的際遇開玩笑，但沙耶早已看出她其實覺得很受拘束，也有種種不滿。

第一話 「劣」

靈力特別高的少女，往往從小就會離開父母，沙耶以前就是如此。然而，連有著高度才能的沙耶也有上學的自由，而且要外出也相對自由。因為要進行暗中討伐異怪的任務，對外界也必須有一定程度的認識才行。

最不自然的地方，在於鈴並非擁有御蔭神道需要隱瞞的高度靈力。

與其說是掌上明珠，看上去更像是受到監視的對象，但她不曾將這點告訴鈴。

「對了，妳為什麼不換掉巫女服？」

「這樣的服裝，男生看了不是會很來勁嗎？」

「來什麼勁？」

「來勁就是來勁，我也沒辦法說得更清楚。」

看樣子，說這話的鈴自己也不太懂。

過一會兒來到人來人往的地方，鈴的打扮就非常醒目。理彩子也是一樣，穿著巫女服走在街上會非常引人注目。

搭電車移動時，也看得出大家的視線都集中在鈴身上。

但她之所以吸引眾人的視線，理由並非只在於她的穿著。即使看在同性的沙耶眼裡，鈴仍然美得令人倒抽一口氣。而且她的表情豐富，少年般的笑容也莫名地跟她很搭。

但是沙耶認為，只因為無聊，就把綁成一條辮子的長髮甩著玩，實在不太像話。即使她甩起來硬是有模有樣，沙耶還是覺得很不像話。

「小鈴妳說最重要的人，是什麼樣的人？」

沙耶接住鈴甩個不停的辮子前端，問出一直好奇的問題。

鈴有個很重要的人，這點沙耶從很久以前就知道，鈴也曾好幾次在談話中提到。連遲鈍的沙耶也能猜到對方似乎是異性，但這是鈴第一次說要介紹給她認識。

「妳一定會嚇一跳。」

聽到這句話，沙耶想起五年前，鈴說會送她一份讓她嚇一跳的生日禮物時的情形——禮物盒子裡塞滿青蛙。當時鈴說會讓她嚇一跳的口氣，就和現在一樣，於是沙耶做出了覺悟。

「這次妳一定會嚇一跳的啦。」

「這次是怎麼說？」

「因為以前我送青蛙給妳的時候，妳不就一聲尖叫都沒有嗎？不但沒尖叫，還罵我說青蛙都虛弱得叫不出聲音了，好可憐，叫我不要做這種事，反而是我嚇了一跳呢。」

也就是說，那份禮物雖然不至於有惡意，卻充滿惡作劇的意圖？雖說當時她們兩人都還是國小生，但到了第五年才終於被揭曉的事實，讓沙耶有些消沉。

看到鈴下車的車站，沙耶微微吃驚。

「怎麼啦？」

「沒有，只是因為就在我去的事務所旁邊，所以有點嚇一跳。」

「哼～原來妳常來這附近啊？下次可以去找妳玩嗎？」

「嗯、嗯，是可以啦。」

之所以會吞吞吐吐，是因為不想讓湊見到她。如果只是正常勸沙耶回御蔭神道也就罷了，然而一旦讓他們見面，鈴那份「好評創作中」的傳聞，確實很可能會變成更加破天荒的鉅作。

「啊，已經來了，就是站在那邊那個人。喂～小一！」

看到鈴蹦蹦跳跳跑向的對象，沙耶的確微微吃了一驚。

那是一名身材修長、看似文靜的青年。他眉目清秀，和鈴兩個人站在一起，想必很登對。

問題在於服裝。

「……難道是總本山的人？」

這名青年穿著總本山法僧的服裝，鈴高高興興地鉤住了他的手臂。

「歡迎光臨。」

門打開的同時，鈴聲響起，女服務生活力充沛地招呼客人。她面帶笑容幫三名客人帶位，內心卻在混亂與不解的夾縫間掙扎。

——為什麼又是和尚和巫女的組合？而且一樣有一個穿著正常的服裝。這是什麼規則？還是懲罰遊戲？

她自認已經習慣了會頻繁造訪、穿著打扮類似、年紀大約在二十五到三十歲的三人組，但這次是一群才十幾歲的少年少女。這家店是幾時開始變成和尚和巫女聚會的地方？

「女服務生一頭霧水呢。」

沙耶並未忽略她笑容中的抽搐。

「我看是因為，我們看起來是一對有夠登對的情侶吧？」

鈴似乎自己都說得不好意思，自顧自地嬌聲尖叫。

「還不就是因為我們穿著突兀嗎？」

青年簡潔地指出事實。他和鈴不同，有著正常的感性。不，既然正常，表示他明知道會被人用奇異眼光看待，卻還穿著僧侶的服裝？這樣也許還是不正常。

沙耶還得不出結論……

第一話「劣」

「幸會，我叫山神沙耶。」

沙耶自我介紹後，青年也回以一禮，正要報上自己的名字。

「我是……」

「等一下，沙耶，妳猜猜看小一姓什麼。」

鈴打斷他說話，突然出了這樣的難題。

「提示是，這是全日本，不，是全世界最簡單的姓氏。沒有更多提示了。」

鈴常叫的「小一」這個稱呼，算不算是提示呢？青年默默喝著咖啡。這表示他很體貼，想讓鈴如願嗎？還是單純覺得麻煩呢？

沙耶想到這裡，驚覺不對。她總覺得，自己最近想事情愈來愈草率了。不，這不是錯覺。原因非常明顯。待在那樣的事務所半年，人格自然會受影響。沙耶暗自發誓，絕不能失去以前那個會關懷盒裡青蛙的自己。

「佐藤先生？還是鈴木或田中先生？」

她決定先舉出日本最常見的姓氏，但鈴開心地搖搖頭。

「這就是小一的名字。」

溼紙巾上畫了兩條線。

「一（Ichi）一（Ichi）先生？所以妳才一直叫他『小一』？」

「答對了！」

鈴大喊一聲，青年毫不留情地在她額頭上彈了一下。聲響幾乎整間店都聽得到。

「好痛！小一你做什麼啦！」

「根本沒答對吧。」

他們兩人的互動，讓沙耶只能睜圓了眼睛旁觀。

「寫作一一，讀作 Ninomae Kazu。」（註1）

青年這才終於向沙耶報上自己的名字。

沙耶心想，這名字還真怪。

就像「小鳥遊」這個姓可以讀作「Takanashi（註2）」，「月見里」可以讀作「Yamanashi（註3）」，姓氏本身也許不值得驚訝。然而，姑且不說姓氏，連名字也取得和姓氏一樣，是不是有某種含意呢？

名字寫作「一一」，感覺就像編號，給人一種冷冰冰的感覺。也許是想太多，但沙耶內心深處就是有點在意。

註1：「にのまえ（Ninomae）」意為「二之前」，名字的「かず（Kazu）」亦可將漢字寫為「一」。
註2：意為「無鷹」。
註3：意為「無山」。

「小一，你好過分。」

「把我的名字隨口跟別人講錯的妳才過分。」

「小一就是小一啊。」

「不要把本名跟綽號混為一談，啊啊，不好意思這麼吵。妳也許已經知道，我跟她從小一起長大。」

後半段是對沙耶說的。鈴從出生就待在御蔭神道，幾乎不曾外出，她是如何和總本山的法僧認識，確實耐人尋味，但初次見面，實在不太方便問這個問題。

「啊啊，好痛。你真的很不會對待淑女耶。你這樣的木頭人，會不受女生歡迎的。耶～鬧女人荒吧你。」

但一根本不在乎。

「我已經有鈴了，有什麼關係？」

「啊，嗯。」

鈴被說得出其不意，低著頭不說話了。從沙耶的角度看去，鈴滿臉通紅的模樣盡收眼底。看著兩人的互動，沙耶微笑之餘，有了個想法。

——好尷尬。

自己待在這裡非常礙事，這點就連超級遲鈍的沙耶也看出來了。

「啊啊，啊啊，開心的一天轉眼間就過去了。」

鈴走出咖啡館後，伸展身體，怨懟地看著西斜的太陽。

「沙耶，妳是不是有點憔悴？」

「嗯、嗯。該怎麼說，感覺被餵得好飽。」

「好奇怪，妳只有喝飲料耶。」

沙耶只能乾笑。

「可是你們兩個感情真的很好呢。該說是很有默契嗎？」

「是啊，我們就像是兄妹。」

聞言，鈴顯然不高興了。

「怎麼，妳該不會想說我們是姊弟吧，還是兄弟？啊啊，像鈴這樣，說是弟弟大概比較貼切。」

「不管你了！咿～」

看到鈴露出一口白牙抗議，沙耶覺得有些沒規矩，但這動作由鈴做起來，就很惹人憐愛。

「那我差不多該回去了，也不好意思再打擾你們兩位。」

「咦咦，為什麼？我們不會在意啊。」

「我會在意。」

這時一散發出來的感覺忽然變了。他還是一樣文靜，但透出一種緊張，又或者像是警戒的感覺。走在身旁看著他的側臉，便能察覺這個臆測是對的。

隨著一嚴峻的視線看去，通往車站的道路遠方，有幾名僧侶的身影。看在一般人眼裡，只會覺得是一群平凡的和尚，但沙耶立刻看出對方是總本山的人。

「我突然有事要辦，鈴，今天妳就先回去。」

一正要道別，就有人叫住了他。

「這不是總本山的麻煩人物一（Ichi）一（Ichi）老弟嗎？」

不知不覺間，總本山的僧侶們已經圍住他們三人，擋住去路。這些年紀從一字頭到二字頭都有的僧侶臉上，有著怎麼看都不像是神職人員會有的下流表情。

「喂喂，還帶女人喔？而且是兩個，可真好命。」

「巫女跟學生服啊～哈哈，一一，你喜歡這種情趣遊戲喔？」

「巫女哪來的我是知道啦，可是你明明就沒去上學，是從哪裡拐來這個高中女生啊？」

這些人雖然身穿僧袍，說出來的話卻像小混混。他們打量人的視線，令沙耶產生了嫌惡感，而且都是一些連沙耶的靈力高低都看不出來的傢伙。

一名僧侶朝沙耶伸出手，從旁抓住這隻手的是一。

「不要碰她，葉念。」

「痛痛痛痛。」

手指深深陷進抓住的手腕。不用聽呼痛聲，也知道這一握的力道強得像鉗子一樣。同時也聽出了帶頭的年輕僧侶，名字叫葉念。

「幹嘛啦，只是小小開個玩笑而已。不要只因為有人要碰你的女人就氣呼呼。」

這名叫葉念的僧侶總算被放開，揉著手臂咒罵，但仍與一拉開距離。

「我們走吧。」

一靜靜地催促，鈴與沙耶躲在一的身後，從這群僧侶身旁走過。

「——，你啊，其實是個怪物吧。」

葉念在他經過之際這麼說。一有一瞬間停下腳步，但隨即又往前走。

但沙耶並未忽略。

她看見一的側臉染上憤怒與悲傷，也看見鈴溫柔地牽起一的手。

最重要的是，出言嘲笑的僧侶話裡，有著恐懼的情緒。

4

這一天，女服務生露出了第二次抽搐的笑容。

——竟然接連跑來。巫女沒來，是某種暗號嗎？啊啊已經搞不清楚是怎麼回事了。

雖然女服務生認為根本不必去問他們要點什麼餐，但仍忠於基本作業流程，去幫穿著皺巴巴黑外套的青年點餐。

湊一如往常，以百無聊賴的表情看著孝元帶來的許多委託書。他們來的是同一間咖啡館、坐同一張桌子，不同的是理彩子不在場。

他們兩人單獨見面並不稀奇。為了委託工作當然是原因之一，但由湊主動找孝元出來時，幾乎百分之百是要借錢。

這次也不例外，孝元當保證人來幫湊借錢，結果又被牽連到債務中，於是他要湊工作來還債。若是理彩子在場，她不會怪湊，反而會怪孝元為什麼一而再、再而三地當保證人，湊也會乘勢轉移話題，導致談話偏離正題。

孝元心想今天一定要好好說服湊，懷著這種理彩子聽到一定會頭痛地表示不敢相信的毅力，以及基於性善說的信念，和湊對峙。

湊看起這疊多達十幾份的委託書幾分鐘，然後以極盡嫌麻煩的動作，把委託書往桌上一扔。

「無聊。」

他只用這麼一句話就拒絕了，接著像要洗去不好的味道似的，把漂浮冰淇淋汽水一口氣喝完。

「不行嗎？」

孝元仍不放棄最後的希望。

「真虧你有辦法湊出這麼多無聊的委託。糟糕到這種地步，我都要懷疑你是不是想用無聊殺死我。」

但湊毫不留情地拒絕。

孝元把散在桌上的委託書整理成一疊，一頁一頁仔細看。

「可是啊，你不接個委託，我會很為難。」

「我不會為難。」

「這你就錯了吧，湊。要是我失去信用，你要找誰借錢？這次的金額，就連我也沒辦法這麼簡單就幫你出。」

孝元用這種理彩子聽了肯定會說「你們兩個都錯到天邊去了」的理由，繼續說服湊，而湊一面聽他說話，一面將吸管插進漂浮冰淇淋汽水裡，找留在冰塊縫隙間的冰淇淋戳著玩。

「我倒覺得這件還挺有趣的。」

湊把孝元挑中的一張委託書撕了好幾次，把紙片灑得如同天女散花。

「你的笑點，我大概一輩子都沒辦法理解。」

「我是在說委託書。這應該不是好笑不好笑的問題吧？」

孝元邊細心收集散落的紙片，邊仍繼續嘗試無謂的抵抗。

「沒有更像樣一點的嗎？怎麼說，會讓人熱血沸騰、滿心雀躍、重重震撼整個心臟的那種委託。」

孝元不是不懂湊的意思，但那種愈查愈神祕的委託，不會這麼簡單就出現。

「找些有意思的委託來給我吧。你說得沒錯，我得把你的債還完才行。我可是難得有了工作欲望啊。」

「那就不要挑三揀四，而且這不是我的債務。」

「不管情況多困難，想也知道對工作還是要挑吧？難道你發情了，就不管對方是老太婆還是貓狗都無所謂嗎？」

湊邊說話，邊硬忍住呵欠。就算講了這些傻話，無聊與債務都不會因此消失。孝元正思索著該怎麼辦，湊忽然間似乎想起什麼，朝孝元探出上半身。

「對了，最近我聽到有趣的傳聞。」

看到他眼神發亮，孝元產生不好的預感，但即使表現在臉上，湊也不可能在意。

「我聽說有你們總本山和御蔭神道的靈能者都感應不到的異怪。」

「這是怎麼回事？」

「哪有怎麼回事，就是我說的那個意思。聽說有你們的妖怪天線不管用的異怪存在。如果是真的，那不就很開心、很有趣嗎？畢竟勇氣和沙耶每次都囂張地嘲笑我說『連這麼強的異怪妖氣都沒感覺嗎』，我至少也要回敬他們一次。」

孝元心想姑且不說勇氣，沙耶應該是不會囂張地這樣說話，但針對這種事反駁也不是辦法。而且孝元熟知湊的個性，知道他不會乖乖地認輸不回嘴。

「原來湊其實也累積了很多鬱悶啊。」

「開什麼玩笑。不用去感應這些東西，也就表示不必被一些無聊的瑣事困住。只是，我對那種據說你們沒辦法發現的異怪妖氣很有興趣。感應異怪的能力，是集人類持續鑽研千年以上的靈能者技術之大成。如果有異怪能讓這種技術失效，究竟是用什麼方法呢？不過話說回來，要是搞到最後，爆出的事實是，其實人本來就極少可以感應到異怪，之前其實也忽略了一大堆異怪，那也無所謂，只是這戲碼就無趣得很了。」

「是嗎？可是，這應該是常見的謠言吧。就像是一種只在我們之間流傳的都市傳說，事實上並不存在。」

孝元說完，端起濃縮咖啡杯啜飲，但湊嗤之以鼻地哼笑兩聲。

「俗話不是說，無風不起浪嗎？」

「你還真不肯放棄。」

「我本來也覺得是胡說八道，但看到你的表情，我就知道事情不單純。你的杯子早就空啦，要裝撲克臉就裝得像樣點。」

孝元輕輕舉起雙手表示投降。

「我明白了。你說得沒錯，我的確知道發生這種傳聞的原因。只是嚴格說來，並不是存在著讓人察覺不到妖氣的異怪。」

「這事有意思嗎？」

孝元想了一會兒後，點了點頭。

「也對，仔細想想，這個事件也許挺適合你。關於這件事，我想聽聽你的意見。」

雖然也有一部分是因為已經懶得轉移話題，但孝元心想，關於會起這般風浪的問題根源，湊也許能得出某種答案。

「我也只聽人說過還有看過資料而已，所以有些資訊不足的部分，你聽的時候要清楚這點。這大概已經是十六年前的事。當時有個地方，人稱『吞人館』。」

於是，孝元開始毫不隱瞞地說出自己所知。

「就這樣，兩個小孩分別由總本山與御蔭神道收養。包括有無妖氣還有其他一切跡象，這兩個嬰兒怎麼看都是人類。但疑雲並未消失，到現在仍然換了個不同的形式，形成傳聞。」

孝元最後做出這樣的總結，隨即口渴似地喝了一口水。儘管冰塊已全都融化，整杯水變得溫溫的，但仍有助於消解喉嚨的乾渴。

「總本山收養的嬰兒是一一，御蔭神道收養的小孩是白銀鈴，對吧？」

湊雙手抱胸，面有難色。話雖如此，他的表情又顯得神采奕奕，因為這件事刺激了他求知的好奇心。

過一會兒，他放下環抱的雙手問：

「有多少人知道這件事？」

「由於下了封口令，本來應該只有極少數人知道一一是在呑人館撿回的嬰兒。」

湊嘲笑地嗤之以鼻，接著提出不同的問題。

「一一這個名字是誰取的？」

「聽說是他身上的嬰兒服這麼寫的。」

湊忿忿嘆了一口厭煩的氣。

「那不是名字，是編號吧。」

「另外，聽說女嬰身上的衣服寫著一一。和總本山不同，御蔭神道就好好幫她改了個名字。」

「畢竟年輕女人多啊。大概是對嬰兒產生了感情吧。」

「應該是吧。總本山在這方面可能就考量得不夠周全。這就是傳聞來源的事情全貌。事件已經結束十年以上，事到如今，實在也不想又去翻出來，所以起初我才沒告訴你。這點要跟你說聲對不起。」

「一一在總本山，應該被大家疏遠吧？」

「真虧你猜得到。他是個正經文靜的好青年，但似乎有部分僧侶討厭他。」

「女嬰那邊呢？」

「沒聽說被討厭或疏遠的情形。聽理彩子小姐說，她是個漂亮又活潑的少女。」

「明明是孤兒卻叫做一一，這名字太奇妙，即使下了封口令，知情的人還是會表現在態度上；表現在態度上，就遲早會有人看出來。知道另有隱情，但又不知道另有隱情的原因，這是最容易讓人被霸凌的情況。對一一來說，待在總本山大概如坐針氈吧。你們真的很陰險。」

「慚愧。」

只有這一點，不管被說幾次，孝元也只能低頭認錯。

「——能施展法力嗎？」

「可以。雖然不是特別強，但他認真修行，用是會用的。只是，嚴格說來他似乎是肉體派的，在武術修行方面鶴立雞群。」

「異怪施展法力會怎麼樣？不會像蟑螂吃殺蟲劑那樣嗎？」

鄰桌的客人似乎聽見蟑螂這個字眼，皺起了眉頭。

「是啊。所以這似乎也是叫他修行的原因。」

「……但卻會鬧出傳聞？」

湊再度陷入思索。

「你可以接受了嗎？」

「不行。」

湊立刻回答。

「如果傳聞的出處是這樣，我的確可以接受，但發現之後都過了十年以上，兩人也都沒鬧出問題，分別在總本山和御蔭神道修行，既然這樣，為什麼傳聞不會消失？再怎麼說也糾纏太久了。」

「你想說什麼？」

「我在說你們愛隱匿事實的體質。」

湊拿著漂浮冰淇淋汽水的吸管指向孝元，所以汽水濺得到處都是。

「傳聞不消失，不就是因為其實有證據顯示他們是異怪嗎？可是實際上，從他們兩人身上只感覺得到人類的氣息，所以只能把他們當人類看待。這個矛盾，不就是讓傳聞延續十年以上的真相嗎？」

孝元立刻否定。

「怎麼可能？我見過一一幾次，他不可能是異怪。」

「所以才會鬧出傳聞吧？沒有異怪妖氣的異怪，這不是很有意思嗎？」

「湊，你何必事到如今才硬要生事……還是找個更正常一點，有人委託、有人遇到困難……」

「不要，我要查這件事。要說有人遇到困難，那有啊，就是可憐的一一，他遭到陰險的霸凌。而且叫我工作、不要挑三揀四的人，可是你啊。」

湊雀躍地站起來。

看到他這樣子，孝元嘆了一口氣。想必總本山和御蔭神道又要有一番風波。遺憾的是，這類預感從來不曾落空。

而且這件事即使能夠解決，因為沒有委託人會付款，債務問題完全無法解決。

5

「喂，無能。」

湊一回到事務所，看見沙耶與勇氣，就冷冷地叫了這麼一聲。

聽到湊的呼喊，隔了幾秒之後，做出回應的是沙耶。

「老師叫我嗎？」

這裡只有勇氣與沙耶在。既然如此，無能指的應該是自己——她就是基於這種消極的理由而應聲。

「妳認識這丫頭嗎？」

看到湊拿出來的照片，沙耶不解地回答：

「認識，是跟我在御蔭神道一起修行的白銀鈴。」

「原來妳們一起修行？」

「是、是啊。」

聽湊仔細問起，沙耶雖然不解，但仍老實回答。

湊刻意地仰天長嘆。

「我萬萬沒想到妳竟然這麼無能。原來一個人沒有胸部，就會連才能也沒有，這樣活著有什麼快樂？」

「我不認為自己有能，但這樣一直說我無能，是不是太過分了？而且無能和胸部沒有關係。」

「不對，有關係。仙術中就認為要轉動丹田的脈輪，陽具愈大愈好，因為這和精力旺盛與否有直接相關。既然這樣，就算才能與胸部大小有關，也沒什麼好不可思議吧。況且無能倒過來念就是沒胸。」（註4）

「這、這⋯⋯」

沙耶又羞又怒，說不出話來，勇氣插嘴替她說話：

「你們兩個都別吵啦。還有啊，大叔，當色老頭也要有點分寸。你可能覺得這是開玩笑，但一點都不好笑，下流又差勁。」

他邊翻著漫畫邊說，彷彿叫兩人不要吵他。

「也對。跟這丫頭的自卑感耗下去，太浪費時間了。」

「是老師！明明是老師把話題扯到胸部去的！」

沙耶不肯作罷，開口反駁，但湊再度拿起先前拿給她看的照片。

「總之，妳認識這丫頭對吧？」

「⋯⋯是。不只認識，是五年來一起睡、一起修行的朋友。」

沙耶嚥下不服氣的心情，對湊問起正題。

「為什麼老師會沒來由地問起鈴？」

「沒有，只是有點事情想問。但既然是妳的朋友，就不太方便問了。啊啊，傷腦筋、傷腦筋。」

從他平板的聲調，聽得出他顯然一點也不覺得傷腦筋。

「請告訴我。到底怎麼回事？」

「喂喂，就算是我，這麼殘酷的事情怎麼說得出口？」

他露骨地用吊人胃口的方式說話。

「老師！」

「好好好，也是啦，這跟妳也不是沒有關連。為了避免妳受到太大的打擊，我會包上一層糯米紙再告訴妳。」

「你這麼說根本和沒包也沒有兩樣啦。」

勇氣實在沒辦法不插嘴。

湊慵懶地在沙發坐下，兩隻腳放到桌上，勇氣似乎也好奇起來，不知不覺間，視線已經從漫畫轉移到他們兩人身上。

「這丫頭是異怪。」

註4：「無能」讀音為Munou，「沒胸」為No mune。

有好一會兒，沙耶無法理解湊說了什麼。
「……請問，這話是什麼意思？」
「我是在告訴妳，她是異怪。」
沙耶突然以對一切都冷漠起來的表情，冰冷地反駁：
「老師，就算我再怎麼差勁，至少還知道鈴是不是異怪。」
「就是這樣的大意，將來有一天會讓妳鑄下大錯。」
「有一天是哪一天？請不要說得像是國小生一樣。這是什麼惡作劇？從剛才老師就一直說我無能，說話太嗆也該有個限度！」
「是妳聽我喊了一聲『無能』就主動應聲，我又不是叫妳。」
沙耶想反駁，卻找不到合適的話語，正跺著腳——
「正經反駁也沒用，大叔只是捉弄沙耶大姊姊來消遣。」
勇氣翻著漫畫說話。湊把視線從沙耶挪到勇氣身上，拿出另一張照片。
「剛才你沒應聲，但你也包括在無能的傢伙裡。你認識這傢伙嗎？」
勇氣從漫畫書上抬起頭，輕鬆地回答：
「啊啊，一哥？」
「你不叫他一一？聽說總本山的人都這樣叫他。」

「我哪能對比我年長的人這麼失禮。」

「怎麼？這可一點都不像你。」

「這是什麼話？一哥人很好。他能老實承認自己法力弱，好好修行，而且也曾經保護過我。」

「完全相反的兩個被霸凌的小孩，互相袒護是吧？真是動人。然後，這傢伙也是異怪。」

勇氣不說話。從他還在翻動漫畫書頁來看，顯然是刻意不理湊。

「喂，無能，你說話啊。」

勇氣似乎猜到若不回答湊，話題就不會結束，誇張地嘆了一口氣，刻意「啪」一聲闔上漫畫書，看向湊說：

「我知道大家都在傳這樣的消息。那只是狹小的組織裡，需要一個代罪羔羊。我一開始也被說得很難聽，說什麼我不經過任何修行就這麼會用法術，一定是異怪的小孩，根本是沒來由的嫉妒讓這些人胡說八道。一哥的情形也是一樣，畢竟他的武術真的很強。如果是人類跟人類打，法力還不如武力管用。就是那些打不過他的傢伙，在背地裡中傷他。畢竟大人裡，也有些傢伙比我去念的國小的學生還不如啊。」

勇氣以早熟的語氣這麼說。

「總之，一哥根本不可能是異怪，要我拿所有遊戲存檔來打賭都行。」

勇氣斬釘截鐵地說完，表現出一副事情已經談完的模樣，又開始看起漫畫。

6

「喂，是哪個，笨蛋，說要接，這種委託？」

沿著山路爬山後，沒走幾步就聽到湊從後頭一直咒罵。雖然心想如果他能把咒罵的精神拿來調整呼吸、保留體力爬山就好了，但說了他多半也不會聽，於是孝元不答話。

「為什麼，說有異怪出現，的地方，老是在，深山裡？」

湊說得斷斷續續，像是隨時會累倒，但孝元認識他很久了，早已看出他還有餘力，因此未放慢步調。實際上，這不是多麼險峻的山路，就算是小孩子也走得完。

「你看，漸漸看得到了。」

孝元指向山腰處，從樹林的縫隙間隱約可以看見洋房的屋頂。

「喂，難不成是要叫我走到那裡？」

「就是你猜想的這樣。順便告訴你，要去到那裡，得從後面繞過去才行。」

「開什麼玩笑？為什麼要特地繞遠路？你跟我有什麼仇嗎？是恨我欠錢不還嗎？話先說在前頭，你這是怨錯人了，要怪就該怪你相信我，我沒有錯。可是我還答應接下委託，你只應該感謝我，沒有道理恨我。」

湊一派胡言，孝元全都只當耳邊風。

「對了，我向勇氣和沙耶詢問過他們兩個的事了。這兩個小鬼全都沒用，兩人都斷定他們不是異怪。」

「對你來說，他們回答是異怪才無聊吧？」

「我是這麼想，但爬著這段山路，我改變心意了。如果他們察覺到那兩人是異怪，我就不用來爬這段山路。」

孝元心想，強詞奪理到這種地步實在了不起，反而令人佩服。

「現在這棟洋房的屋主是誰？」

「直到十六年前，都是由一個叫做無限令的人在管理，但發生事件後，就移交給總本山管理。」

「這個叫無限令的傢伙，是個什麼樣的人？資料上什麼都沒寫。」

「是啊，令人傷腦筋的是我們對這個人幾乎一無所知。從館內留下的書，我們推測這人可能是靈能者，但現狀是此人幾乎是一團謎。你看，說著說著就走到啦。」

累壞的湊一直低著頭走路，這時才喘著大氣抬起頭來。

「這棟洋房根本沒什麼不對勁的地方啊，頂多只能拿來試膽。」

「以前就有很多靈異迷來試膽，結果卻沒回來。去調查的御蔭神道巫女和我們的法僧也一樣。」

大門用很粗的鐵鍊與看上去就很堅固的鎖頭封鎖，但孝元拿出鑰匙，輕而易舉地打開了。

「這算是管理者特權吧。」

「不是要翻過門，非法入侵嗎？」

「你想這麼做的話請便，而且沒有人會怪你。可是，你應該沒有這種體力吧？」

走過大門、進入洋房的庭院內，就看到裡面荒廢已久。

「真是管理不周。」

「畢竟值得注意的東西，應該在當時就已經全部帶走了。而且原本的屋主似乎也沒回來。」

打開門進去一看，狀況更加悽慘。建築物的牆壁、地板，眼中所見的傢俱，幾乎悉數遭到破壞。

「還真慘烈。感受得到當時和異怪的戰鬥，比紀錄所描寫的更加激烈。」

「當時出現的是怎樣的異怪？」

「很奇怪。有鬼、有雪女，也有你最近解決的覺。似乎還另有幾種別的異怪，但完全沒有共通點。這些異怪是為了什麼目的聚集，又或者是無限令把異怪聚集過來的，到現在還是個謎。」

湊在建築物內信步而行，偶爾掀開掉在地上的傢俱殘骸，以及剝落的地板或牆壁，但看他的表情，顯然未找到能讓他滿意的東西。

「晚點拿資料給我看，一一聽你說明太麻煩了。」

「沒有資料。之前我也說過，上頭下了封口令。可以輕易拿出來的資料裡，都沒有和吞人館有關的記載。」

湊找不到什麼值得留意的東西，一路前往當初發現嬰兒的那間最深處的房間。他在擺滿實驗器材的房間裡緩緩環顧四周，視線掃完一圈後，開始敲打牆壁和地板。

「你在找什麼？」

「我是想，既然有一一和一二，那應該也有一到十吧。」

「另外十個嬰兒是嗎？可是應該沒有這樣的報告。難道說，已經……」

孝元想到最壞的事態，臉色發青，湊卻說起完全不同的事。

「又不見得是人類嬰兒，說不定只是加上編號的實驗動物裡碰巧摻進了人類。」

「實驗動物……湊，我說你啊。」

對孝元的忠告，湊只當耳邊風，四處敲打牆壁和地板。

「你的用詞應該稍微……」

「你安靜一下。」

敲打牆壁的聲響，敲到某個部分時突然變了，湊開始仔細檢查聲響改變的牆壁。

第一話「劣」

「好麻煩啊。」

他這句話一說完，便從背包裡拿出鐵撬，往牆上插了進去，順勢把牆板用力撬開。

「報告上有說這裡有暗門嗎？」

「沒有，我第一次知道。」

「那應該就是中獎了。」

湊多次反覆揮鐵撬敲打牆壁、掀開牆板。

「沒有什麼更明智的方法可以開門嗎？像是哪邊可能有暗門的開關。」

「我想想。如果帶了電鋸來，應該比較輕鬆。」

過一會兒，被撬開的牆板後頭，出現一個小小的架子。

「我來幫忙。」

兩人把牆板完全拆開，探頭去看藏在後頭的架子。

「什麼都沒有，看來是白忙一場。就不知道是屋主無限令拿走了架上的東西，還是從一開始就什麼也沒有。」

「再不然就是總本山或御蔭神道拿走了。」

「你怎麼會這麼想？」

「如果有什麼決定性的證據，可以證明嬰兒是異怪，應該就在這裡了吧。」

湊沒趣地將鐵撬收進背包，一副事情已經辦完的模樣走出房間。

7

御蔭神道的早晨開始得很早。

早上打掃完畢後，是所有人都有義務參加的晨禮，詠唱淨身的祝詞、大祓詞。寒冷的早上，只是肅穆地詠唱祝詞，讓鈴很不適應。

晨禮結束後進行晨間鍛鍊。為了磨練靈力，她們必須進行各式各樣的修行，這是鈴最難受的時間。

從一大早就一直活動，讓她肚子很餓。她希望至少能在早餐後再進行鍛鍊，但餐後鍛鍊又得對抗睡魔，所以仍是難受。

今天的鍛鍊，分為將靈力提升、聚集、以及灌注在物品上三樣。鈴面有難色地盯著放在手掌上的水晶。水晶容易讓靈力通過，最適合用來鍛鍊。

鈴朝水晶瞪了好一會兒，但練到一半就放棄，當場躺了下來。

「啊啊，實在沒辦法像沙耶那樣啊。」

第一話「劣」

沙耶能射出灌注靈力的髮絲，這是建立在提升、聚集、灌注靈力這三樣基礎上，又高出極多的高度技法。而且沙耶在不到一秒的時間內就能完成這些步驟。

雖然從沙耶剛進御蔭神道時，就聽說她是個很有才能的少女，但當鈴親眼見識，更是切身感受到在靈力的世界裡，天才與凡人間存在著絕對跨越不了的高牆。同時她也了解到，見到天才時，絲毫沒有讓嫉妒之類的感情介入的餘地，單純是讓人感動地覺得好厲害。

鈴只有短短一瞬間沉浸在這樣的回憶裡，她暗自稱為「老小姐」的巡視巫女喝斥躺在地上的她，鈴趕緊跳起來繼續鍛鍊。

鍛鍊結束後，開始準備早餐。

「妳們不覺得光是握著刀，就讓人很興奮嗎？」

鈴邊說著這種讓旁人驚嚇的話語，邊靈活地用菜刀切食材。她心情好的時候，還會哼著歌，把食材切成花朵形狀或劃上紋路。這是沒必要的加工，但意外地頗受好評，還有人說因此讓吃早餐變得開心了。

「我啊，是個被誇獎就會長進的類型。」

哼歌的聲音忽然停止，鈴不可思議地回頭看向背後。她看見的只有廚房的門，但有好一會兒，鈴一直不可思議地注視著身後。

「又來了……」

她覺得不可思議地看了一會兒，之後又動起停下的手，也繼續哼起歌。

但內心不如表面上那麼開心。

——到底是怎麼回事？

鈴環顧四周，察看是否有異狀或反常的情況。也不知道是什麼時候開始的，她有時會忽然感受到視線。

這件事她不曾告訴任何人，也不曾找沙耶商量過。她覺得一旦說出來，現在的生活就會全部崩毀。

不知不覺間，她歌也不哼了，只默默動著手。

「要跑腿是嗎？」

鈴暗自稱為「老小姐」的巫女，塞了一件事要她辦。

說是有事情找她，讓她跪坐等了三十分鐘，才總算等到人出現。

「是，請妳把這些資料送去總本山。」

巫女將一疊遠遠說不上輕的文件放到鈴的面前。

「請問這是什麼？機密事項？」

「資料內容妳看了也只會覺得無聊而丟開。是異怪的資料。」

她拐彎抹角地責怪鈴今天早上在修練場的態度。

「我是個想做就會做好的孩子喔？」

但這麼說的鈴，其實也對這句話打上了問號。

「是啊，妳是個想做就會做好的孩子。」

巫女不帶任何諷刺意味，直視鈴的眼睛這麼說。

「啊，沒有，我大概不行啦。」

「不會的，我很看好妳。妳的努力開花結果的那一天，一定會到來。」

「是喔。」

鈴頂多只能沒勁地如此回答。

老小姐的訓話是出自體貼而非斥責，反而讓鈴很難受。那是一種像被人用柔軟的棉繩慢慢勒緊脖子的感覺，還不如劈頭就對她大吼一頓。

「那麼，我送這些資料過去。」

鈴拿起整疊資料，逃跑似地離開房間。

「不知道見不見得到小一？」

鈴晚了一步才發現這個可能性，心情頓時昂揚起來。

「見得到吧？見得到！見到了要玩什麼呢？」

樂觀的預測轉變為肯定，並且更俐落地繼續往前推進。鈴對於裹在包袱巾裡的資料有多重，漸漸不怎麼放在心上了。

一名高高興興的巫女在鎮上昂首闊步，這樣的情景看在旁人眼裡，自然顯得奇異，但當事人完全不在意。

她搭電車後轉乘公車，最後徒步走了幾十分鐘，才總算抵達總本山。

站在大門前，鈴的表情略顯緊張。她曾和一共同來到門前幾次，但不曾進去過。

「要怎麼進去才好？拜託他們讓我進去嗎？」

面對宏偉的大門，讓她有點膽怯。戰戰兢兢地探頭往裡面瞧，可以看見年輕的僧侶在打掃。

「請問有什麼事嗎？」

僧侶發現鈴，停下手邊的工作來詢問。他的年紀只有國中生左右。鈴不曾見過比自己年輕的僧侶，所以覺得很稀奇。

「我是從御蔭神道來的。呃，來送東西。」

「咦，啊啊，是御蔭神道的人嗎？我來帶路。」

僧侶似乎這時才留意到鈴穿的是什麼服裝。

鈴被帶去一間會客室，心浮氣躁地等候。她有預感要等。聽說總本山有很多中飽私囊的僧侶。

「來的一定是個胖嘟嘟的傢伙吧。」

她閒著沒事做，於是隨意想像來消磨時間，得出的是——

「小一似乎不適合穿地位高的人穿的衣服。」

——這麼一個偏離正題的結論。

『葉念，可以讓一下路嗎？』

忽然聽見一說話的聲音，讓鈴震驚得幾乎整個人跳起來。說話聲不是來自室內，而是從外面傳來。

紙門上映出看似一的身影，一的身前有著幾個人影。

『幹嘛啦，不是有女人從御蔭神道跑來找你嗎？』

『光明正大和我們的競爭對手交往，還在這裡幽會喔？』

『還炫耀給別人看啊。你這小子，真的是每次都讓人覺得很礙眼。』

『你這怪物也差不多該滾出總本山啦。就跟你的怪物女朋友一起。』

她聽見一群男性下流的笑聲，也立刻聽出是前陣子他們在外頭見面時，那群跑來糾纏的年輕僧侶。

『可以請你們不要做這種沒來由的中傷嗎？』

『沒來由？要來由當然有。就是有人找到了啊，找到你們是怪物的證據。』

只看得到輪廓的男子手上，握著像是一疊紙張的東西。

『你知道這幾張紙是什麼嗎？上面寫著一個叫做「吞人館」的異怪巢穴裡發生的事情始末。』

隔著紙門也感覺得出來，一的樣子變了。那是一種摻雜怒氣與悲傷的感覺。

『我現在就念給你聽。呃，我看看，在吞人館回收兩名嬰兒。聽到了嗎？不是救出，是回收，根本不當人看。』

男子每讀幾句，就把臉更湊過去挑釁一。

『根據日後在暗門後發現的資料，一共生出了十二名異怪之子，而且十二名異怪之子分別標上了一至十二的編號。上面是這麼寫的耶。說到這個，你名字叫什麼啊，一一？一一不就是十一的意思嗎？哎呀，好像跟什麼東西很像啊，會是什麼呢？』

『無聊。』

『才不會無聊呢，你這怪物。』

葉念先前一直胡鬧的聲調中，摻進了怒氣與恐懼。

『我之前也只是半開玩笑在鬧你。一直到昨天都是。可是今天不一樣了，我真的覺得你有夠噁心。我現在就給你看看。』

葉念從懷裡取出一個方形物體，操作了一會兒，看來應該是在滑手機。

『我找到的不只有文件，裡面還混著不得了的影片。你知道是什麼影片嗎？是嬰兒從異怪身上被生下來的模樣。』

鈴聽見一的悶哼聲。那些人究竟拿了什麼給他看？

『這就是你們的真面目！』

鈴拉開紙門，想去到走廊。她心想，得待在一身旁才行。

「不好意思啊，這麼吵鬧。」

但忽然聽見的說話聲，讓鈴停下了正要起身的動作。不知不覺間，室內的對面已經坐著一名身材寬大的僧侶。他的打扮讓人一眼就看得出地位很高。

「我叫源覺。讓妳見笑了，這類爭執在大組織裡隨時會發生。用比較低俗的話來說，就是所謂的派系紛爭。」

源覺的目光直視著鈴。這種眼神和前幾天取笑他們的僧侶們一樣，是在打量人。但和那些人不同的是，其中並沒有性意味，而是一種像是在看無生命物品的冰冷眼神。

「總本山有幾個派系，其中最大的有兩個。一個是追隨我源覺的派系，另一個就是擔任一監護人的遼遠師兄的派系。該怎麼說呢，又用低俗的話來描述實在是不好意思，但他對我而言就是個眼中釘。坦白說，我覺得他很礙眼。」

源覺邊說邊笑。每次他一笑，鬆弛的肉就跟著晃動，喚醒鈴生理上的厭惡。

「但這也只到昨天為止。我們會要遼遠師兄離開總本山。這和他本人的意思無關。把一一這個異怪帶進總本山的罪，只用放逐了事，應該還算便宜他了。」

「怎麼這樣！」

源覺舉起一隻手的同時，紙門倒下，多名法僧圍住鈴以及走廊上的一。

「而且我還得到另一枚棋子，可以讓我的另一個眼中釘——御蔭神道，也跟著名譽掃地。扶養白銀鈴這個異怪長大的罪，究竟會有多重呢？」

源覺笑了一笑後，冷冷說道：

「拿下他們兩個。殺了也無所謂，他們終究是異怪。」

慘叫聲中，一個人被摔得撞上牆壁。是一比其他僧侶早一步有所行動。

「鈴，我們快跑。」

一抓住鈴的手，用體術將想詠唱法術的僧侶一一撂倒。

「你們搞什麼鬼！哪有人這麼近還用法術。用體術拿下他們。」

但即使照源覺的吩咐辦，要拿下一仍是困難到了極點。就體術而言，一是總本山屈指可數的高手。

他擒拿住撲上前的僧侶手臂，順勢摔出去牽制其他僧侶的行動；對伸手想抓鈴的僧侶則毫不留情地腳踢，幾顆斷掉的牙齒在空中飛舞。

一連串動作結束後，一又回到最初的架勢護住鈴。就像深深扎根的大樹一樣，無可動搖。

但要護著鈴打鬥，總會漸漸力不從心。數十拳之中，有幾拳未能完全避開或格開。隨著次數累積，一的動作漸漸遲緩。

「好，趕快拿下他們！」

源覺看見一的動作變得遲緩，大喊一聲。

僧侶一起撲了上去，而一似乎早已看準這個瞬間，先前那不動如山的穩重，轉變為風一般的迅捷。

他抱住鈴，從僧侶們一起撲上而產生的空隙穿出，順勢做出怎麼看都不像是抱著一個人還做得出來的跳躍，跨上了圍牆，一隻手在牆上一抓，強行翻了過去。

等僧侶們趕到圍牆另一頭，兩人的身影早已消失無蹤。

「有人懷疑鈴是異怪？」

鈴與一失蹤後，幾乎過了整整一天，沙耶才聽到傳聞。是御蔭神道打了電話來，問她是否知道鈴的去向。

「不，我不知道。鈴竟然扯上這樣的嫌疑……」

掛斷電話後，沙耶立刻打電話到所有想得到的地方，和各式各樣的人聯絡，試圖掌握狀況。

她因此得知了幾件事，但沒有一件是好消息。

包括總本山出現了顯示鈴與一是異怪的決定性證據。

包括做為證據的資料已不只在總本山流傳，還傳到了御蔭神道。

包括總本山拚命尋找他們兩人的下落，而御蔭神道也在找。

知道雙方這麼做的理由後，讓沙耶的心情變得更黯淡。

鈴的存在，會對御蔭神道不利，因此他們打算湮滅證據。總本山看來也大同小異。

整個世界，沒有人和鈴與一站在同一邊。

沙耶的手機在深夜響了。

「喂？我是山神。」

沙耶接了電話，對方卻不說話。沙耶喚了幾次，但只聽見對方的呼吸聲，完全得不到回應。

第一話
「劣」

「是小鈴嗎？」

電話另一頭傳來倒抽一口氣的聲音。

「果然是小鈴對吧？求求妳，回答我。」

沙耶一再呼喚。

『……沙耶。』

終於聽見鈴說話了。她的聲調很鬱悶，令人完全無法聯想到平常那個無論什麼時候總是那麼開朗的她。

『對不起喔，最後我想聽聽妳的聲音。』

「最後？妳在說什麼？」

『我不想連累沙耶……』

啜泣般的聲音，小得像是隨時會消失。

「小鈴，不可以，不要說什麼最後。」

『因為他們說，我們是異怪。御蔭神道和總本山，兩邊都在追拿我們。我想，大概很難跑掉。』

「妳忘了嗎？我現在就待在不是御蔭神道也不是總本山的地方。不要放棄。小鈴不可能是異怪，一定會有方法。」

『沙耶……救救我們。』

電話裡傳來微小的聲音。

「老師，我有個請求。」

沙耶朝躺在沙發椅上的湊深深一鞠躬。

「請老師救救小鈴，救救白銀鈴。」

湊看著幾張紙，對沙耶連看也不看一眼，但沙耶仍維持鞠躬的姿勢說下去。

「我和小鈴一起修行了好幾年，所以我很清楚她不是異怪。她真的是個好孩子，一定是有什麼事情弄錯了。」

湊仍然沒有反應。

「我出得起的委託費不是太多，但能付多少我都會付。我會比現在更加努力幫忙老師，也會用更好的方法趕走討債的人，不然我來墊錢也行。如果只是到大井或川崎，馬券我會去幫老師買。我什麼都願意做，拜託老師，請救救我的朋友。」

沙耶始終低著頭等湊回答。勇氣也無法插嘴，視線在兩人之間來來去去。

「我叫妳把胸部變大，妳就辦得到嗎？」

湊刻意地大聲嘆氣，總算有了回答。

「……我、我會努力，像是多喝牛奶。啊，多喝牛奶是迷信吧……怎麼辦……」

「妳都這麼正經拜託了，這種時候應該要罵我說不要胡鬧才對吧？」

「就是說啊，我覺得剛剛那句要求可以罵回去。」

勇氣也表示贊同，但沙耶仍然低著頭。

「拜託老師，請救救她，能推翻這個狀況的只有老師。」

湊把先前看的東西朝桌上一扔。沙耶在視野角落，也看見了那是什麼。

「這是……」

是從呑人館翻出的那份資料。若不是有這份資料，鈴與一也不會被說是異怪。一想到這裡，沙耶拿起資料的手，自然加重了力道。

「喂喂，不要捏皺啊。」

「我明白。可是……」

「話先說在前頭，這份資料不太可能是假的。」

「天啊……」

沙耶覺得自己就像被推進了絕望的深淵。她本來認為，只要能夠指出資料有誤，也許就能找出辦法解開鈴與一所受的誤會。

即使想用其他手段，時間也太少了。

湊站起來，披上外衣準備出門。

「老師，你要去哪裡？」

「我要去看精彩的東西。」

「……現在不是這種時候。」

沙耶說話的聲音很小。沒有辦法依靠湊，但自己又不知道該如何是好，她為自己的無力垂頭喪氣。

「怎麼？妳不想看看總本山和御蔭神道吃癟的模樣嗎？我要去推翻那些傢伙的常識。」

沙耶看著湊充滿諷刺的笑容良久。這句話的含意，漸漸滲透到腦中。

沙耶以低得不能再低的姿勢，深深一鞠躬。

「謝……謝謝老師！」

9

車子抵達了他們告知的地點。

沙耶急忙下車，環顧四周。時刻已經將近傍晚。

「又是山上？」

湊聽到藏身處後，厭煩地抱怨，但知道是車子可以開到的地方，就鬆了一口氣。

地點是一處蓋了許多度假小屋的觀光勝地，除了夏天以外都沒什麼人，頂多只有管理員會來巡視。

「小鈴！」

沙耶以會產生回音的大音量呼喊。

「……是沙耶嗎？」

一間度假小屋的門打開，鈴戰戰兢兢地探頭出來，沙耶急忙跑過去抱住了鈴。

「太好了，妳沒事吧？」

鈴任由沙耶抱住，呆了好一會兒，隨後表情一歪，好幾滴大滴的眼淚滑落。

不知不覺間，一也護著鈴似地站在她身後，將大大的手掌放到她小小的頭上。

「太好了。」

鈴默默地連連點頭。

等鈴的情緒穩定下來，總算有心思看看四周時，這才發現站在車子旁邊的湊與勇氣。

「他們是誰？」

「是讓我決定去到外面世界的人。」

沙耶說得有些自豪。

「一個是赤羽勇氣。雖然他才十歲，但有著很強的法力，是總本山的天才少年。」

「我也見過他幾次。雖然有點乖僻，但其實是個正義感很強的好孩子，法力也是貨真價實。」

沙耶與一的介紹，似乎讓鈴稍微鬆一口氣。

「另一位是我的老師。雖然只是我自己擅自這樣稱呼。他的名字叫……」

「九条湊先生……是吧？就連我也至少聽過名字。」

不安的神情在鈴的臉上擴散開來。湊的傳聞幾乎都沒什麼好事。

「不用擔心，能夠為我們推翻這個狀況的，就只有老師。說你們是異怪的誤會，他一定也會幫我們澄清。」

「……但願是誤會。」

沙耶實在不怎麼想見到如此氣餒的鈴。

「相信我。」

她兩眼直視著鈴說道，過一會兒，鈴微微點頭。

「知道了，我相信沙耶。」

兩人露出少許笑容。

第一話「劣」

正好就在這時，聽見了車子開近的聲響。立刻有好幾輛車出現，在小屋四周停下後，陸續有人下車。是總本山的法僧，以及御蔭神道的神官與巫女。他們轉眼間就包圍住小屋四周。

「他們怎麼會來這裡？」

鈴等人大吃一驚，卻有唯一一個人若無其事地回答：

「那還不簡單，因為我把地方告訴了他們。」

「老……老師。」

「大叔，你騙了我們？」

有個人不理會傻眼的四人，笑咪咪地走向湊。那是個體型很寬的總本山高僧。

「九条老弟，謝謝你的合作。」

高僧名叫源覺，先前一度遭牽扯進湊經手的事件當中，被弄得七葷八素。當時他對湊十分厭惡，現在卻彷彿以前的事未曾發生過一般，滿臉堆笑地牽起湊的手、拍拍湊的肩膀。

「老師，這是怎麼回事？」

「觀眾多才有意思。」

看到湊壞心眼的笑容，源覺的笑容微微抽搐。從他的表情看來，似乎是有不祥的預感。

「你說觀眾，是什麼意思？」

「在這之前，我有一件事要先跟你們問清楚。接下來等著你們的是令人難受的現實，即使如此你們還是要聽嗎？」

湊這番話不是對源覺，而是對鈴，以及護在她身前的一所說的。

一嚴厲地瞪著湊，鈴在他背後，表情扭曲得像是隨時會哭出來。

「老師，這樣太過分了。」

「妳閉嘴，這裡沒有那種靠體貼就能解決的天真現實。」

「我們果然，是異怪生下來的啊。」

鈴從沙耶身上撇開臉，說出死心的話語。

「沒錯，你們是異怪生的。」

湊斷定了。

沙耶露出遭到背叛的表情，勇氣把帽子壓得很低，鈴雙手遮臉，一溫柔地抱住這樣的鈴。

只有源覺獨自高聲大笑。

「哈哈哈哈哈，真沒想到，本來還以為你會說什麼鬼話，又要被你這傢伙，不，我是說又要被九条老弟給擺一道。哎呀，我當然沒把過去的事情放在心上，以後才重要啊。」

源覺舉起手，指揮僧侶拿下鈴與一兩人。令人意外的是，這時出聲抗議的是御蔭神道的巫女。

「請等一下。白銀鈴是御蔭神道的人，要如何處置她由我們決定。」

鈴內心稱之為老小姐的巫女，以嚴厲的眼神站到源覺面前。

第一話「劣」

「妳說什麼傻話？他們兩個可是異怪啊。御蔭神道是幾時成了袒護異怪的組織？」
兩人的對峙，被湊懶洋洋的說話聲打斷。
「哎喲，慢著慢著，你們在殺氣騰騰個什麼勁？而且為什麼要拿下他們兩人？」
所有人都一頭霧水。
「你在說什麼？討伐異怪是我們的職責。」
湊以徹底像是演戲的動作，深深嘆一口氣，張開雙手。
「你們的耳朵有毛病嗎？給我聽清楚了，我只說他們兩人是異怪生的。」
「所以就是異怪吧。」
談話已成平行線。
「九条湊先生，我們不太懂你想說什麼，可以請你說得更淺顯易懂一點嗎？」
巫女也以摻雜少許不耐煩的聲調詢問。
「啊啊，我這才想起來，都忘了說最重要的事。那麼，差不多該來揭曉那邊那個小丫頭和撲克臉男的真實身分了。他們是什麼樣的異怪，你們應該什麼都不知道吧？」
鈴擔心受怕地往後退。湊若無其事的一句話，讓所有人都吃了一驚。
「大叔，難道你看出來了嗎？」
湊愉快地看著所有人震驚的模樣。

「為什麼這麼簡單的事情你們都不懂？你們不是知道吞人館裡有哪些異怪嗎？」

這確實奇妙。就如湊所說，應該更早就可以從聚集在吞人館的異怪種類，推知鈴與一兩人的真實身分。

「也對，我就給你們提示吧。那是史上最凶惡的異怪之一，因為這些傢伙而犧牲的生命不計其數。性格殘忍又狡猾，為了滿足自己的欲望，連同族也殺，是最惡劣、最可怕的怪物。」

一怒目相視，鈴的眼睛再度流出淚水。

「難道是鬼族？還是說……」

源覺與其他人，都試著猜測湊所說的異怪，但遲遲想不出符合的種類。真要說起來，他們根本不明白有哪種異怪會沒有異怪的妖氣。

「他們兩人的真實身分就是——」

湊以誇張的動作指向兩人，高聲宣言：

「——人類！」

沙耶與勇氣，以及其他法僧，都默默看著湊良久。

「喂，給點反應啊。虧我幫你們揭曉了他們的真實身分，也解開了很多謎題吧。他們是人類，所以當然不會有異怪的妖氣。一切都圓滿解決了。」

「別開玩笑！」

源覺激動起來，指著湊說道。

「光是多聽你講一句廢話，都讓我覺得自己丟臉。」

「別放在心上，現在才多丟臉一、兩次，也沒什麼差別啦。」

巫女也上前，投以責備的視線。

「九条先生，現在可不是開玩笑的時候，你應該很清楚吧？」

「當然，我正經得很。我自認比在場的每個人都更清楚。」

湊張開雙手說笑的態度，離「正經」兩字十分遙遠。

「那你是說真的嗎？說這兩個異怪生下來的是人類？」

「那還用說。」

湊雙手抱胸，以不同於先前的嚴厲語調說道。

「首先，你們為什麼沒發現？聚集在呑人館的異怪，包含鬼、雪女、覺還有其他異怪，全都有一個很大的共通點。呑人館的屋主無限令，就是根據這個條件，把這些異怪聚集到呑人館。」

這點在呑人館事件發生時，也已經查證過了，但他們只得出沒有共通點的結論。

「答案很簡單，就是繁殖方式。這些異怪都是透過男人的精液或女人的肚子生下來，是異怪和人類的混血兒。」

「拿雪女來說，是從男人身上吸取精液來繁殖；又例如覺，是人類女子懷胎生下來的。這樣的案例要多少都有。那麼，問題來了，人類和異怪性交而生出的小孩，到底是什麼？」

「想也知道是異怪吧。雪女和覺就是這樣繁殖的。你該不會要說，這兩人身上流著一半人類的血，所以要我們放過他們吧？」

「不，他們是純粹的人類。如果是異怪，你們應該能夠察覺到。」

「但異怪生下的就是異怪。」

源覺一步也不讓。

「正是。但你們曾經想過為什麼會這樣嗎？」

「萬、萬物運行的道理不就是這樣嗎？所謂的異怪……」

源覺反駁，但愈說愈小聲。異怪與人類生出來的小孩何以是異怪，過去有誰想過這當中的道理呢？

「這和基因的某種現象很相似。小孩從雙親繼承基因，雖然擁有父母雙方的基因，但只有其中一方會顯現出來。就是顯性遺傳和隱性遺傳的現象。同樣的現象在異怪身上也說得通。後代雖然繼承了人類和異怪的基因，但因為異怪的基因是顯性，小孩才會變成異怪。」

「所以他們兩個不就是異怪嗎？」

「如果是第一世代確實如此，問題是第二世代以後。」

湊說得漸入佳境。

「那麼，這時我們要來問個理組的問題。你們知道孟德爾定律嗎？就是發現了剛才所說的遺傳法則的人。題目來了，同樣是由異怪與人類生出的兩個異怪交配，結果會怎麼樣？」

「不就是會生下異怪嗎？」

「不對，是有四分之一的機率會生下完全的人類。」

所有人都聽傻了，沒有人立刻反駁。

「你、你到底在說什麼鬼話？」

「我不是說過嗎？就是孟德爾定律，顯性遺傳和隱性遺傳。如果異怪與人類之間有著這樣的關連，異怪和異怪交配時，就會發生有趣的事。即使生為異怪，也不表示人類的基因消失了，只是屬於隱性，不會顯現出來。可是這些基因有可能被後代繼承，而且後代會繼承到的是顯性或隱性基因是不確定的。既然如此，組合就有：顯性配顯性、顯性配隱性、隱性配顯性，以及最後的隱性配隱性——也就是，只有人類的基因被繼承下來。」

源覺已經找不出話語回答。

「當然，如果就這麼單純是四分之一的機率，過去應該也會有異怪生下人類的情況。可是基因有非常多種，所有基因組合都是隱性配隱性的可能性趨近於零。除非經過人為操作。」

湊最後做出這樣的結論。

「由異怪生下的人類，這就是他們兩人的真面目，也就是無限令的研究成果。」

10

沙耶說完，上了御蔭神道準備的廂型車後座，在鈴身旁坐下。

「那我和小鈴一起。」

「我有一件事不明白。」

勇氣目送車子開遠，對身旁打呵欠的湊問道。

「怎麼？你會問我事情還真稀奇。」

「不好意思啊，就是這麼稀奇。」

勇氣雖然不高興，但還是揮開這些情緒，再度詢問。

「那人是叫無限令來著？為什麼他要做出這種事？」

「可能是覺得異怪和異怪之間生下人類會很有趣吧？想知道我說的那種遺傳現象，在異怪和人類之間怎麼起作用。」

第一話

「劣」

「哼～」

勇氣顯得不太信服，但也沒說什麼，只是用視線追向開在雜木林中小徑上的車子。

身旁的湊似乎在思索些什麼。

「怎麼了？」

「我在想，是誰把那份資料交給源覺。我本來以為，那是為了讓對手失勢，才一直留著不用的王牌。但如果是這樣，沒有必要等上足足十六年。」

「哼～既然好奇，晚點問問不就好了？只要大叔剛剛把話說得心平氣和一點，我想他們應該不會馬上回去。」

湊似乎也覺得這樣就好，只是微微聳了聳肩膀。

「不過他們兩個，就算大家知道他們其實是人類，接下來多半還是會很辛苦吧。我想總本山和御蔭神道，還會對他們監視好一陣子。」

「都沒辦法安心性交了。」

「為什麼大叔就是這麼下流啊。」

勇氣覺得傻眼，但立刻發現湊的神情不對勁。

「安心性交……性交？」

原以為他是一臉正經在講蠢話，但湊的表情是少見的嚴峻。

「怎麼啦？你怪怪的。」

勇氣內心暗自補上一句「雖然平常也很怪」。然而現在的湊，有種不同於平時的奇異。

「是這麼回事啊……該死，我忽略最重要的事了。原來無限令的目的是這個。」

湊轉過身，趕往鈴與一共度了一晚的那棟別墅小屋。

「你覺得一對情投意合的男女處在危機狀況下，又在同一個屋簷下共度一晚，會發生什麼事？」

「不就互相安慰嗎？」

「你這天真的小鬼！」

湊進了小屋後，一路去到二樓，踏進看似兩人用過的寢室，一把扯下床上亂糟糟的床單。

「想也知道是性交好不好。」

湊看著床單上留下的紅色痕跡，大聲叫道。這下子勇氣真心覺得受不了他了。

「大叔，你這也太……有點，那個……」

但湊根本聽不進去，只見他慌忙拿出手機。

「手機……關鍵時刻老是派不上用場。」

看到手機顯示無訊號，他咒罵了一聲。

「怎麼啦？你在慌張什麼？」

湊一上車，就朝勇氣大喊：

「別發呆了，趕快上車。」

看到湊慌張得非比尋常，勇氣也急忙坐上副駕駛座。同時，湊粗暴地踩下油門。即使因為泥濘打滑，讓車身撞上樹幹，他也不放在心上。

「等等，你也稍微注意一下安全駕駛啊。」

勇氣還來不及繫上安全帶，所以身體就像個骰子似的，在副駕駛座上被搖晃得四處碰撞。

「他們上床以後過了幾小時……一天？不，也許過了三十小時以上。可以當作和人類一樣嗎？還是說……」

湊不像是不理會勇氣的抗議，更像是幾乎沒在聽，以魯莽的速度驚險地在狹窄的山路上穿行。

「大叔，你怎麼啦？」

「我太糊塗了，忽略了不得了的事情。」

湊咬牙的模樣，述說著他的失誤有多重大。

「你說忽略，是忽略了什麼？」

「忽略了產下異怪的可能性。」

「咦？可是他們兩個不是人類嗎？難道是弄錯了？」

但勇氣怎麼想都不覺得這點有錯。雖然微微覺得不對勁，但勇氣從那兩人身上感受不到異怪的妖氣。如果說不對勁的感覺，是來自他們由異怪所生，那似乎不是什麼大不了的問題。

「不對，沒弄錯，他們兩人是如假包換的人類。」

那麼，湊在急什麼？勇氣想不到理由，也搞不懂湊先前那些下流舉動的意義。

湊快車沒開多久，就在一段像是在山腰上攀行的小徑前方，看見了先前那輛廂型車。

11

沙耶以有些緊張的神情坐在鈴的身旁。雖說事件已經解決，但就是有種不痛快的感覺沉積在心底。

連沙耶自己也不清楚，是為鈴與一的事不知會如何收場而擔憂，還是有別的理由。

她斜眼偷看了鈴一眼。自從上車以後，鈴就一直低頭不語，一句話都不和她說。

鈴不只是低著頭，還臉頰泛紅、輕微咳嗽，不時揉著腹部。

「小鈴，妳該不會身體不舒服？感冒？還是肚子痛？」

聽沙耶問起，鈴才總算抬起頭看向沙耶。她的臉雖然有些泛紅，但看起來不像身體不舒服，甚至嘴上還有笑容。那是一種充滿慈愛的微笑，但看見這個笑容，沙耶內心卻莫名騷動。

「謝謝妳，不過我沒事。」

聽到鈴正常應答，沙耶暗自鬆了一口氣。即使已經證明她是人類，但被迫面對自己是由異怪生下的事實，鈴不可能不受到震撼。

「如果身體不舒服要說喔。」

「謝謝妳，我很好。會咳嗽大概是花粉症吧？」

這句話不像在說謊，但她一直揉著腹部，讓沙耶有些在意。說揉不太對，也許更接近撫摸。

「可是妳是不是一直肚子痛？」

鈴嘻嘻笑了幾聲，是一種溫柔中卻又帶著點優越感的笑。

「沙耶有喜歡的對象嗎？」

被她出其不意地這麼一問，沙耶當場愣住。

「咦？」

「該不會是剛剛的……」

「哪有，別說了！老師是很厲害的人，但我絕對不會把他當成那種對象看待！」

看到沙耶那麼慌張，鈴似乎很想笑。只有這個時候，鈴仍是沙耶所熟知的平常那個鈴。

「搞什麼啊，虧我還想把之前說的紫夫人故事狠狠地加油添醋一番。」

說著，鈴像在惡作劇似地笑了。

「我啊，很喜歡小一，比這世上的任何人都更喜歡他。」

看鈴說得毫不猶豫，沙耶覺得有幾分羨慕。

「所以能和一結合，我很開心。」

她輕輕摸了摸腹部。

「小鈴，妳該不會……懷孕了？」

「嗯，小一的孩子。」

鈴靦腆地點點頭。事情太出乎沙耶的意料之外，讓她不知道該說什麼才好，只能狼狽地發呆。

但沙耶又稍微想了想，就發現事情不對勁。如果說鈴和一性交而懷孕，照理說靈力會變弱。

「我們昨天才第一次結合。」

「昨天？」

鈴說的話愈來愈超現實。

昨天才發生性行為，今天不可能知道是否懷孕。連缺乏性知識的沙耶，也知道要等一個月以上才有辦法確定。還是說，這是她太想要心上人的孩子，才有了這樣的想像？

「這個，小鈴……」

「我聽得見嬰兒的心跳。」

鈴笑了笑。看見鈴那充滿母性慈愛的溫柔笑容的瞬間，沙耶全身寒毛直豎。

「怎麼啦？已經想出來了嗎？」

鈴的紅袴溼了一片。紅色的水漬在汽車座椅的椅套上漸漸擴散。鈴略顯痛苦地表情扭曲，但高興更勝過了痛苦。

「難道羊水破了……」

懷孕不只是她的想像嗎？還是其實她記錯了，他們並非昨天才結合？不管情形是哪一種，鈴的身體發生了異狀，是千真萬確的事實。

「事情嚴重了！對不起，請停車……」

沙耶的話說到一半就停住了。一種直到剛才都不存在的妖氣，突然出現了。她很清楚那是什麼氣息。

是異怪。

當孝元抵達小屋時，幾乎一切都結束了。

湊一臉得意洋洋，幾乎所有人都啞口無言，源覺一臉不高興的表情上車後，就對駕駛座的年輕僧侶大吼，匆匆回去了。

對於發生了什麼事，正確來說應該是對於湊搞出了什麼事，孝元大致上都能夠猜到，但以防萬一，他還是找勇氣與沙耶簡單問了情況。

真相令人震驚，但孝元長年和湊一起行動，這樣的事情他早已見怪不怪。

孝元暫時負責看管一，開車回去的途中，他對乖乖坐在副駕駛座上的一問了幾個問題。一回答得很簡潔。他是個文靜的青年，這個印象從第一次見面時就不曾改變。

「接下來你要怎麼辦？」

「我打算離開總本山。」

他的回答簡潔而沒有迷惘。與其說是決心堅定，更像是在說明已經決定的事項，讓人連挽留的念頭都不會湧起。

「是嗎？真讓人遺憾。那麼白銀鈴小姐也會一起離開御蔭神道嗎？」

「我認為會。只是對鈴來說，那裡好像不是個待得不自在的地方，所以這讓我覺得自己有點責任。」

一的態度平淡，鎮定得不像是才剛被告知自己是由異怪所生的人。這讓孝元覺得好奇，但這名青年原本就不太會將感情表露出來。孝元終究無從得知他內心有何糾葛。

「可以請問一件事嗎？」

一會主動問問題，讓孝元有些意外，但他仍爽快地答應。

「請問無限令是個什麼樣的人物？」

這個人物是導致他們誕生的原因，他不可能不好奇，但孝元並未擁有足以回答的充分知識。

「除了名字以外，幾乎都不知道。」

「連長相也不知道？」

「完全是一團謎。」

「這樣啊……」

往旁一看，一低下頭，讓孝元覺得掛心。

「你還是會想知道嗎？」

他遲疑的表情，意味著什麼呢？

「其實昨天深夜，我從我們藏身的小屋窗戶看見人影。起初我們還以為是總本山或御蔭神道的追兵，但要說是追兵，形跡實在不像，而且過了幾分鐘後，人影就靜靜離開了。」

「你認為那個人物是無限令？」

「雖然也可能是我想太多。」

「白銀小姐怎麼說？」

「鈴沒看見，也沒說什麼。」

不對勁。小屋的管理員或相關人士，應該不會在深夜跑來吧。總本山與御蔭神道當時也未掌握他們兩人的去向。一會以消去法推測，認為對方也許是無限令，或許是無可奈何。

「事情很奇怪吧。」

「這人樣貌如何？」

「光線很暗，我只看得出輪廓，連是男是女都分不出來。」

一皺起眉頭，像是在翻找記憶，然後突然嚇了一跳似的，回頭往身後看去。

「鈴？」

是突然想念起她嗎？但他應該不是會坦白表露出這種感傷的人。

「怎麼了嗎？」

「對不起，請停車。」

看一的模樣不尋常，孝元也不抗拒，放慢了速度。車子尚未完全停下，一就下了車，立刻沿著剛才開來的路往回跑。

「一，請等一下。」

孝元勉強在狹窄的路上調轉車頭，從後追趕一。

仔細想想，只聽湊的說明，還剩下幾個未解之謎。這些謎團真的是可以不予理會的小事嗎？

孝元有了不好的預感。

「我繼續講剛才的孟德爾定律。」

湊邊開快車邊說道。

「基因有顯性和隱性，會起作用的只有顯性基因。這我剛才講解過了。當時我一直認定，異怪和人類之間的關連是這樣。認定異怪是顯性，人類是隱性。」

「所以異怪才會生下人，對吧？」

「沒錯。但如果人類是顯性、異怪是隱性，那會怎麼樣？」

勇氣想了一會兒後回答：

「意思是說，他們兩人身上有著異怪的隱性基因？但是包括我在內，沒有任何人察覺到異怪的妖氣啊。」

「所以我不是說那是隱性嗎？隱性基因不會起作用，就只是存在。」

既然這樣，在他們兩人身上感受到的些許異樣感，就是來自這些隱性基因嗎？

「意思是說，他們將來有可能會覺醒成異怪？」

「不對，不是這樣。隱性會維持隱性，不會起作用。他們兩個人不會跳脫人類的範疇。」

「那有什麼問題？」

勇氣不明白湊以魯莽的速度追趕廂型車的理由。這是連護欄都沒有的山路，一路上發生好幾次只要一個差錯，車子就會衝出山崖這般令人膽戰心驚的場面。

「可是，有唯一一個條件，會讓異怪的隱性基因起作用。」

「你剛剛才說過他們兩個絕對是人類吧？」

他不太懂湊想說什麼。

「所以我說是孟德爾定律啊。隱性基因對上顯性基因，就不會起作用。但隱性基因有一半的機率被後代繼承。如果異怪和異怪之間可以生下人類，反過來也是可能的。也有可能由人類與人類……」

「這是怎樣！」

勇氣打斷湊說話，大喊一聲。

「這是什麼情形？這種異怪的妖氣，直到剛剛明明都還不存在。」

勇氣看著前頭的廂型車大喊。

才剛看到前頭的廂型車突然開始蛇行，緊接著就在一處彎道前翻覆滾動。車子一路冒著煙，在地面上橫向滑行，停不下來。

有東西穿破車窗現身。這個物體看起來只像一團棒狀的肉塊，令人作嘔地蠢動了一會兒後，立刻又回到車內。

廂型車停住的位置，只差幾十公分就會墜崖。

「沙耶大姊姊！」

湊停車的同時，勇氣立刻下車，跑向翻覆的廂型車。

車的後門打開，沙耶爬了出來。勇氣立刻跑過去，幫她脫身。追上來的湊也從另一邊扶起她。

「等一下，裡面還有小鈴和司機。」

但湊不容分說地拖著沙耶遠離，勇氣也照辦。勇氣擔心地看著沙耶一會兒，隨後回頭看了看廂型車。

「這個異怪的妖氣是怎樣……太奇怪了，我不曾感覺過這樣的妖氣。」

「是很奇怪。小鈴身上突然散發出異怪的妖氣……」

「有異怪用人類來繁殖，那麼，應該也會有這樣的想法——如果雙方都是可以和人類交配來繁殖的異怪，那麼，即使這兩種異怪不同，是不是也可以繁殖後代呢？但我不曾聽過這樣的例子。過去不曾有過這樣的例子。不知道是不是異怪之間免疫系統不合，異怪唯有和人類交配才能生下孩子。這是絕對的定律。」

廂型車發出哀號似的彎折聲抬起。

「但如果讓隱性的異怪基因沉睡在人類體內，再讓這樣的人類生下孩子，會怎麼樣？如果是顯性對顯性，或是顯性對隱性，就不會有問題。只有從雙親身上都繼承到隱性基因時，隱性基因才會起作用，才會覺醒為異怪。」

重達幾百公斤的廂型車，像紙張一樣被掀開。車身越過湊等人的頭上，呈拋物線墜落到五十公尺以上的後方。

「小鈴！小鈴還在裡面！」

「這種妖氣，我以前從來沒感覺過！」

沙耶與勇氣方寸大亂而不知所措，湊淡淡地對他們繼續說明：

「然後，如果男女雙方體內所沉睡的異怪基因種類不同，會怎麼樣？」

被掀開的廂型車後方，站著一名少女。

鈴就像淑女行禮似的，用手指輕輕摘起紅袴兩側。她的外貌與舉止都惹人憐愛，但有個與此極為不相襯的物體，從破掉的紅袴間伸出。

用一句話來說，就是棒狀的肉塊。

「這個異怪沒有名字，是史上第一個異怪與異怪的混血後代。這才是無限令想創造出來的東西。」

【第二話】
交

第二話「交」

1

一輛車開在蜿蜒於山坡上的車道。由於太陽幾乎已經下山，光線變得很暗，只能靠車頭燈照明。這是深山的山路，所以也沒有路燈。

但前方出現幾個明亮的光源，讓駕駛覺得狐疑。

過一會兒開到光源前方，就看見幾輛警車以及攔檢的警察。

「不好意思，這裡禁止通行。」

員警過意不去地朝著停下的車子說道。

「坍方？昨天我經過的時候明明還好好的。」

司機皺起眉頭，像是在強調自己的不服氣。但就算對員警抱怨，也不可能因此讓坍方消失，讓車子可以通行。

「沒辦法，就回頭繞一小段路吧。」

「請從往東的縣道繞路。有好幾個地方發生坍方。」

「等等，這樣要繞很大一圈啊。而且，為什麼會有那麼多地方坍方？又不是說下了什麼大雨。」

「是地盤原本就比較脆弱，加上施工方式有瑕疵，才會造成坍方。西邊也一樣可能有道路老化和工程問題，所以禁止通行。」

由於近年經常有人談論道路及鐵路老化的問題，司機心不甘情不願地認同了，調轉車頭順著來路回去。

員警目送往回開的車子好一會兒，但隨後又有一輛車開來，讓他繃緊了表情。

「不好意思，這裡禁止通行。」

員警等黑色汽車停車並拉下車窗，說出固定的句子。不過，他的表情微微轉變為驚訝，因為坐在駕駛座上的人物，服裝十分奇異。

「我是御蔭神道的人，請讓我過。」

理彩子身穿巫女服，以僵硬的表情出示身分證明文件。

「御蔭神道……啊，好的，失禮了，請通過。」

「封鎖的區域很大啊。」

「是，方圓數十公里都完全封鎖了。請問前面到底發生了什麼事？」

「這是機密事項。」

員警出於好奇心詢問，但理彩子的回答很冷漠。

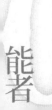

「請繼續執勤，千萬不要讓一般民眾通過。」

理彩子只告知了這句話，就駕車離開。

理彩子開車了一會兒，看見車頭燈照亮了坍方的山路，許多落石滾落在道路上。路面做了最低限度的整理，不至於無法讓車輛通行，但要讓新車通過而不刮傷就得費不少功夫。

「說坍方倒也不算是說謊啊。」

她一面從落石間駛過，一面仰望側面的山崖。一看就知道這並非尋常的坍方，大約十公尺上方的山崖，被挖出一道水平的直線，長達數十公尺。

「這是什麼情形？」

前所未見的現場狀況，讓理彩子一頭霧水。

通過坍方的山路後不久，再度來到有燈光的地方。但不同於先前的攔檢，待在這裡的是僧侶與巫女。

她一下車，就有一名巫女過來。

「狀況怎麼樣？」

「還是無法阻止異怪行進。請用這個。」

理彩子用巫女遞出的雙筒望遠鏡，看向直升機照亮的地面。

「那是什麼東西？」

看到地面上的物體，理彩子忍不住脫口而出。那是個不成形的肉塊。還不到汽車大小，但遠比人大。速度雖慢，但一直掙扎似地往前爬。模樣實在太醜惡，令人毛骨悚然，只會喚起人們的嫌惡。

「速度比人的步行速度慢，可是不管什麼攻擊，都沒有生效的跡象。」

說到肉塊狀的異怪，最先會想到的是無頭鬼。但無頭鬼有著粗糙的臉與四肢，最重要的是體型大小實在相差太多。

有時肉塊會有一部分細長地延伸，像觸手似地蠢動。

看到這令人嫌惡的外表，讓她不由得表情一歪。

「那就是混血的異怪……」

「是，我們稱之為有耶無耶。」

「有耶無耶……這就是那個異怪的名字是吧？」

「是那個零能者說需要專有名詞，所以擅自取了這名字。」

這個名稱不只是針對異怪的外觀與型態，也對總本山與御蔭神道的立場揶揄了一番。

「真的是很有湊風格的命名呢。」

既然連待在這裡的人都在用，那麼有耶無耶這個名稱，肯定已經普及得出乎意料地快。不知道總本山的人，是不是也用了同一個名稱來稱呼？她腦海中閃過這些愚不可及的念頭。

2

——氣氛十分凝重。

這是理彩子走進緊急設立的臨時總部時最先產生的感想。

裡頭有十幾個人。

大約半數是御蔭神道的人，總本山的人數也差不多，其中還可以看到荒田孝元的身影。

坐在末席角落的是九条湊。理彩子已經簡單聽了事情的來龍去脈，但坦白說，她沒想到湊會在這裡。

原因之一，是總本山與御蔭神道雙方都會有人反對。他們不可能允許零能者參加這種重大會議。

另一個原因，是湊自己不會想參加。在他看來，開會只是浪費時間。尤其是有派系鬥爭的場合，這個傾向就會更顯著。理彩子也是從會議開始之前，就已經覺得厭煩了。

「但說那是混血的異怪，是真的嗎？這麼說的人，不就是那邊那個惡名昭彰的零能者嗎？」

當理彩子抵達時，會議早已開始，但看來仍在進行詢問消息真假的階段，也就是說，還在開頭部分。如果花了很長的時間，卻還在這個階段，實在令人絕望。

湊露骨的呵欠，讓她很難判斷會議到底是不是還在開頭階段。

「我來遲了。」

理彩子在最末席，正好就在湊的對面坐下。

「怎麼樣？」

「無聊。」

簡潔的提問，得來簡潔的回答。

「九条老弟，我想好好整理清楚狀況。可以請你親口再說一次，把你今天看到的情形說明給我們聽嗎？」

聽到源覺的提議，湊露骨地咂舌一聲。湊為什麼會願意參加這場會議，讓理彩子愈想愈覺得不可思議。

「早知道就別來了。」

湊邊發牢騷邊站起來，嫌麻煩似地說道：

「我看到的情形沒什麼大不了的。如果他們兩人之間生下小孩，有可能變成異怪——等我發現這一點而追上去時，已經遲了。一般來說，受精三十小時以內，就會開始細胞分裂。想來會被你們感應出是異怪，就是從這個時候開始吧。只是這個異怪要出生，不需要母親懷胎十月，而是立刻成長、爬出母體外到處肆虐。只要看看汽車的殘骸，就知道這個異怪有多麼不聽話吧？所幸當時沙耶和勇氣在場，兩人用了結界之類的很多方法，成功阻止災害擴大。雖然這異怪不是嬰兒那種好應付的東西，但這傢伙把母親鈴的身體包住，就這麼挾帶她逃走。看來這傢伙雖然出生得很快，但還沒能斷奶啊。以上就是我看到的情形。好了，有問題要問嗎？嗯，看來沒有啊。」

「慢著。這麼說來，白銀鈴是在那個異怪體內嗎？」

湊想趕快結束話題，但理彩子不容許。

「逃走的時候是一起，現在就不知道了，也說不定早就被吃掉、消化掉了，又或者像是棄老山的傳說一樣，隨便找個地方扔了，當然，也可能還活在異怪體內。」

「鈴是否還活在異怪體內，光是這個問題的答案不同，就會讓我們的因應措施跟著不同。如果是危險的異怪，只要單純驅除就行，但如果鈴還活著，就非得考慮救出她不可。」

「好麻煩啊。要不要當作她已經死了？」

湊說出破天荒的話來，但總本山方面也確實有幾個人贊同。

「她的生死就先不提，我還對另一件事好奇。」

孝元的發言，也包含了避免會議失焦的意圖。他很清楚避免妄下結論，先專注於找出問題並加以整理，才是眼前最重要的事。

「就是父親一一的下落。當時一察覺白銀鈴出了事，下車用跑的前往現場。但根據當時人在現場的三位說法，一並未出現。沒有錯吧？」

「對啊，他沒來。八成是不想認這個孩子，嚇得拔腿就跑了吧。這在坊間是很常有的事。」

三人之中的一人，搖著手說出不著邊際的話。總覺得在場所有人都發出了不成聲的嘆息。

「姑且不論在坊間是不是常有的事，一一害怕負責而逃亡的可能性，應該是有的。」

發言的是一名神官。他彷彿在強調責任在於總本山，目光瞪向一個個僧侶，多半是要回敬他們先前意圖擅自處置鈴的事。

「也可能是知道事情會這樣，所以先躲了起來啊。」

沒想到一直保持沉默的源覺，卻認同御蔭神道的說法。

「我們在這裡討論個沒完沒了，也不是辦法吧。會議已經開始了一個小時以上，卻什麼進展都沒有。」

源覺雙手抱胸，說得凝重。理彩子對於已經談了一小時這點吃了一驚，對於湊待在會議中一小時一事也同樣吃驚。

「把時間都花在討論上，因應措施就會一直落於被動。但話說回來，要討論接下來怎麼行動，又讓人心焦。」

源覺嚴峻的表情微微放鬆，露出笑容。

「因此我們就先採取了行動。」

不只是御蔭神道的人，連總本山的人，都從源覺的話裡，感受到危險的氣息。

「我已經派了總本山的十名精銳去對付異怪。」

在場幾乎所有人，都發出了驚呼聲。

「你們總不會說這是偷跑吧？」

說著，源覺露出狡猾的笑容。

所有人走出臨時總部。

理彩子立刻拿起雙筒望遠鏡，察看被探照燈照亮的有耶無耶，結果就像看準了時機似的，正好有多名法僧在異怪周圍現身。

「那是……」

即使從遠處隔著望遠鏡看，也看得出來攔在異怪——有耶無耶——去路上的十多名法僧，全都是好手。

總本山率先出招了。

3

——隨便找個理由混進去。

他還說源覺一定會想偷跑，搶先派出法僧。

「這可被大叔說中啦。」

勇氣要混進源覺派出的法僧集團，並不是什麼難事。

只是找個空檔，對源覺說希望自己的力量能派上用場，勇氣就被選為選拔隊的一員了。

——喔？

勇氣從後方，看著攔在有耶無耶去路上的法僧，對總本山這個組織多少有些另眼相看。

這些法僧的實力都不差。如果純粹比拚法力，自然及不上自己，但聚集了十個人以上，那就另當別論。原來只要源覺一聲令下就叫得動這麼多人啊？一想到這裡，總覺得五味雜陳。

即使僧侶們攔住去路，有耶無耶的動向仍看不出變化。它的肉體一面前進一面崩垮，但同時不斷建構新的肉體。移動速度雖慢，但崩垮與再生卻以極快速度反覆進行。

這是個令人心裡發毛的異怪。即使把它的出生經過考慮進去，仍覺得眼前的異怪有著某種異樣的妖氣。是強是弱？有著什麼樣的性質？從眼前的異怪身上，完全觀察不到任何足以推敲答案的資訊，一切都含糊不清。

勇氣接觸過眼前的異怪，對這反常的情形已經習慣，但其他僧侶則察覺到裡頭潛藏著靠經驗法則彌補不了的未知，微微有些浮躁。

十名以上的法僧詠唱法術，形成結界障壁。首先非得阻止異怪的行進不可。這種應對方式極為合理，但勇氣覺得有些消極。如果這是考慮到那個叫做鈴的巫女被異怪納入體內，不想傷害到她，那倒是沒話說，但看這氣氛，也不是這麼回事。

——對未知的恐懼。

他們只是因為面對異怪這種對手最根本的本質，行動趨於保守。

然而，雖說因應方式消極，但由十名以上的好手形成的法力結界，仍然頗為出色。這堵障壁，有著勇氣獨自一人無法達到的堅固。

勇氣也有樣學樣，乖乖結法印，展開了獨特的結界障壁。他從後方支撐法僧們形成的結界，並小心避免阻礙到他們。

僧侶們之間發出讚嘆的聲音。

「了不起啊。」

站在附近的一名法僧，朝勇氣露出的緊張表情中，摻進了微笑。

他對勇氣的才能既不嫉妒也不輕視，只是坦率地佩服。

「實在可惜。」

但同時也說出了揶揄勇氣現在立場的話。

「右側第二個結界比較脆弱。」

看在勇氣眼裡，結界有弱點存在，而有耶無耶果然將行進方向朝右側轉去。

「竟然！」

僧侶們嚇了一跳。這個異怪看起來不像擁有知性，卻精準地針對了結界的弱點。有耶無耶舉起肉塊手臂，用力往下砸在結界上。每一砸，都讓結界出現裂痕。

打到第三次，結界承受不住攻擊而四散，有耶無耶再度悠然行進。

「這……這是什麼情形！」

這完全出乎他們的意料之外。眾人還在發呆，只有勇氣上前面對有耶無耶。他迅速結法印，形成多重結界，手法漂亮得任誰都會讚美他功力出色。

但這結界也被有耶無耶一擊擊碎。

「怎麼會！」

勇氣驚呼出聲的同時，往後退開，以免被有耶無耶壓扁。

「展開攻擊！」

在場法僧的頭領一聲令下，各法僧立刻轉守為攻。灼熱的火焰、真空的風刀、以泥土構成的長槍，各式各樣的力量，從四面八方攻向有耶無耶。

但這些攻擊都沒有生效，有耶無耶對法力的抵抗性比外表看來的要高。

有耶無耶逼近到站在最前線的法僧面前。面對眼前這完全未知的異怪，法僧就只能在原地戰慄。

這時，有耶無耶首次做出了前進以外的行動。只見先前都用於爬行的那像是前腳或手臂狀的肉塊，高高舉起。

似乎是出於恐懼，法僧面對聳立在身前的異怪，始終發著呆，連要逃走的跡象都沒有。

「不妙。」

勇氣立刻結法印，驅使法力。其他法僧也一樣為了保護同伴，架出結界障壁。

在異怪與法僧之間形成的障壁，被掃來的肉塊輕而易舉地擊碎。但肉塊掃來的軌跡微微偏開，在法僧身旁的地面打出一個大洞。

「跑啊，快點！」

發呆的法僧聽見勇氣的呼喊，這才總算像是擺脫了束縛，趕緊從有耶無耶身前逃開。

異怪似乎只要礙事的人從眼前消失就心滿意足了，又開始前進。

法僧仍然不死心，驅使各式各樣的法術，但結果還是一樣。

也有僧侶嘗試以錫杖或獨鈷杵進行接近戰，但輕而易舉地被從有耶無耶身上伸出的棍棒狀粗大觸手擊飛。

僧侶們只能面帶屈辱的表情，讓路給異怪。有耶無耶很快地直逼到勇氣面前。

法僧們正對直逼到眼前的有耶無耶咬牙切齒時，有人從旁伸出弓、射出箭。

箭筆直飛向有耶無耶的正中心，紮實地插在異怪表面，但隨即和崩落的肉體一起落到地上。

勇氣回頭，想看看放箭的人。

「沙耶大姊姊……」

不知不覺間，沙耶已經站在他身後。

「小鈴，請妳停下來。」

沙耶帶著梓弓，攔在有耶無耶的去路上。她的背後還有著其他巫女與神官。

御蔭神道出招了。

4

「唔唔。」

源覺用雙筒望遠鏡看著這一切，不由自主地悶哼起來。

為派出精銳法僧仍然完全不是對手而吃驚，這是其一；為御蔭神道的神官們立刻就趕到了現場，則是其二。

「您總不會說這是偷跑吧？」

理彩子在身旁笑了笑，源覺只能咬牙切齒。

理彩子立刻換上正經的表情，看著雙筒望遠鏡裡的姪女。

——沙耶，妳要冷靜。

沙耶的側臉也有點像是得失心太重。雖說是朋友被異怪捉走，但這樣實在不像她。

不安在理彩子心中增長。

5

沙耶至今仍不敢置信。

為什麼事情會演變成這樣？

打從在車上目睹鈴生下異怪，事情就變了樣。

但沙耶仍然想起自己該做的事，硬起心腸，彎弓搭箭。

即使看在勇氣眼裡，御蔭神道的攻勢仍顯得十分出色。

沙耶射出無數的箭，刺進有耶無耶體內，從內灌注靈力、侵蝕肉體。靈力與法力，對異怪而言就像是毒素。

展開攻擊的不只有沙耶，神官與巫女們也都各自拿起武器，又或者詠唱祝詞，對異怪展開攻擊。

個體能力看似總本山較高，但論默契與組織行動，則看似御蔭神道較占優勢。

其中沙耶更是活躍，她看來滿心只想趕快救出朋友。但似乎因為得失心太重，動作有些紊亂。從某些角度來看，也可說像是自暴自棄。

另有一名巫女，雖然並未展現強大的靈力，但她掌握好每個人的行動，發出適切的指示。那是鈴在內心稱之為老小姐的巫女，名叫櫻子。

很快的，有耶無耶的動作慢了下來。

「生效了！」

隨著沙耶這麼一喊，御蔭神道的攻勢更加劇烈，彷彿想一口氣決定勝局。總本山的人恢復了體力，也加入攻擊的行列。

有耶無耶的移動，這時首次停了下來。

勇氣立刻以補捉惡人的不動明王金剛繩，綁住了有耶無耶。從沙耶的梓弓射出的好幾枝箭，被吸進有耶無耶體內。

眼看異怪的一部分身體迅速膨脹，隨即像是再也承受不住，爆裂開來，肉片散往四面八方。從破裂的有耶無耶體內，露出了與組成身體的肉質不同的部分。

「小鈴！」

當沙耶看見那狀似人類頭部與肩膀的部分，不由得喊了出來。

6

鈴最為久遠的一段記憶，是與一一的相遇。

依稀記得有人牽著她的手，在一個陌生的地方走了很久。現在回想起來，牽她手的人是櫻子；走過的路途，是從御蔭神道前往總本山。

考量到實際距離，途中應該搭了電車或汽車，但記憶愈久遠就愈模糊，她已經沒有搭乘交通工具的記憶。她隱約感受到，那隻牽著她的手，微微帶著緊張。

第一次看見的高大門扉——這也是現在回想起來，就知道是總本山的大門，而她們過了這扇大門，被領到一個房間裡。

那兒有一名身材瘦削的男性坐著等她們。由於他跪坐著，給人一種就像背脊插了鋼筋一般的不動如山感。表情也和姿勢同樣嚴峻，明明只是被他看了一眼，鈴就忍不住躲到櫻子背後。

「這孩子就是那時候的嬰兒？」

聽到這堅硬且像是早就忘了溫情為何物的說話聲，鈴更加畏縮，把櫻子背後的衣服抓得更緊。

「遼遠大人，鈴在害怕，請你適可而止。」

櫻子委婉地提點，但遼遠眼神中的嚴峻並未和緩下來。

接下來，兩個大人討論了好一會兒。對鈴而言，這是一段無趣而且待得很不自在的時間。

「怎麼了？想去洗手間？」

雖然不自在的理由被誤會，但正好有了個離開房間的理由。

鈴來到走廊上，朝著他們告知的反方向走去。因為她隱約覺得，往這邊走比較會有開心的事情等著她。

鈴這種年齡的女孩，在御蔭神道並不罕見，但在總本山基本上是看不到的。從她身旁走過的大人，都吃驚或覺得稀奇地看著她。這樣的反應讓她覺得有趣，於是大大擺動手腳，在走廊上往前衝，還開心地哼著歌。

第二話
「交」

從敞開的簷廊，可以看見很漂亮的庭園。用來表現水流的白沙整理得非常完美，內行人看了多半會發出讚嘆，但鈴則有了完全不一樣的感想。

「哇啊～」

她打著赤腳就下了庭園，故意用會在白沙留下腳印的方式行走，就像踏著新雪玩耍。

「對了。」

用腳印來畫畫吧。鈴覺得這個點子棒透了，立刻就想付諸實行。她遲遲難以決定該畫貓好還是該畫狗好，但踩踏白沙的腳始終不停。她細細思量後，貓占了優勢，而且她每次都被狗吠，原本就不太喜歡狗。這是一場開賽前就已經決定好勝敗的比賽。

她心想該怎麼在這巨大的畫布上畫貓才好，轉身一看，眼前卻出現不可思議的光景。

「咦？」

剛才在白沙上留下的腳印，都已消失得無影無蹤，只剩自己身後短短兩公尺左右還留有腳印。

腳印為什麼消失了？她歪頭思索，歪得視野都翻轉了一百八十度，但還是完全找不出原因。

不過，鈴換了個方向思考。既然接下來要畫貓，那麼乾乾淨淨的白沙反而好用。

「嗯，一定是這樣。」

連說這話的本人，也不太清楚到底什麼事情一定是這樣，但總之在鈴心中似乎是想通了，她再度活力充沛地在白沙上行走。

鈴一面畫著在別人看來莫名其妙，但在她心中則堪稱世紀大作的貓，一面在白沙上留下腳印。

先是令人忍不住想抓的貓前腳，接著是讓人忍不住想抓的貓耳，然後是令人忍不住想抓的鬍鬚，她照著這樣的順序畫下去。尾巴則在煩惱一會兒後，決定分類在「想握」而非「想抓」，所以挪到後面再畫。

「畫好了！」

鈴心想一定畫得鬼斧神工，回頭去看腳印，然而她的腳印又幾乎全都消失了。

「為什麼？」

鈴歪頭納悶，邊是疑惑不解，邊是想著如果御蔭神道的房間與走廊，也能像這樣自己變乾淨，那就不必幫忙打掃了。

但這次和先前不一樣，她在歪斜的視野角落，看見一個陌生的形體。那是個看起來和自己年紀差不多的男孩。只見他有點發呆，挖著鼻孔。即使有蟲子飛進他張大的嘴，他仍一副天下太平的模樣，不為所動。

「你，是誰？」

鈴的注意力都放在男孩挖鼻孔的模樣上而並未發現，其實他左手拿著一種像是掃把的陌生工具。

看似發呆的男孩，用這工具在被鈴踏出腳印的白沙上一刮，就讓白沙恢復原本用來表現水流的模樣。

「啊啊！」

鈴就像看到有人做壞事似地發出驚呼。

「你為什麼要做這麼過分的事情？我要跟大人告狀！」

這一狀告下去，被罵的會是哪一邊，答案非常明顯，但鈴一副正義站在自己這邊的態度，指責眼前的男孩。

然而，對方毫無反應。

男孩發著呆，把手指從鼻孔抽出來，仔細看著手上的髒東西。

「好大。」

這時候，男孩的眼神就像看著重要的寶貝般閃閃發光。

看到男孩對鼻屎比對她更有興趣，讓鈴的自尊心嚴重受創。受創的自尊心點燃了鬥志，她下定決心，說什麼也要用腳印畫出貓來。

鈴向來以「巧遲不如拙速」為座右銘，尚未做出決定就已展開行動。哪怕線亂了些，也以踏出腳印的速度為優先。況且她畫的線從一開始就很亂，原本就完全不會因為亂或不亂而導致速度有快慢之分。

他應該跟不上這個速度吧？鈴一臉驕傲地回過頭去，結果瞪大了眼睛，四年人生中最大規模的震驚湧上心頭。

男孩的行動背離他給人的呆滯印象，只見他迅速將白沙整理好。他用耙子時，為了避免留下自己的腳印，倒退著行進。也就是說，男孩背對著鈴卻跟上她的動作。耙子的軌跡漂亮地表現出水流的意境。

不知不覺間，鈴停下腳步，被落敗感擊潰而跪了下來。

鈴手撐在地上，這時，影子落到她頭上。抬頭一看，果然看到了那個仍在發呆的男孩臉孔。

「妳擋到我了，讓開。」

勝者對敗者說的話，十分無情。

鈴乖乖坐在簷廊上看著，結果男孩轉眼間就把白沙整理完畢。他的動作迅速，表情卻一臉呆滯，讓人心裡發毛。

男孩坐在遠離鈴的位置發呆。

鈴遲疑了一會兒，但仍下定決心走向男孩。

第二話「交」

「我是白銀鈴。你的名字是？」

先從自我介紹開始。勝者根本沒把敗者放在心上，但敗者不會忘記對勝者的恨，知道名字是基本中的基本。

發呆的男孩繼續發呆了好一會兒，隨後用耙子，在白沙上慢慢劃出兩條線。

「11？」

「二一（Ninomae Kazu）。」

鈴以不服氣的表情看著兩條線。

「二之……咦？」

「Ninomae Kazu。」

看來這就是少年的名字，但她不明白為什麼要在地面畫上兩條線。

「我四歲，你呢？」

男孩仍然發呆了一會兒，隨後不太有自信地回答：

「四歲？」

隨後鈴對櫻子問起，為什麼要帶她去總本山，但得到的回答很奇妙，她無法理解。

——妳一個人就擅自把我們要辦的事都辦完了呢。

等她知道這句話的意思，已經是好一陣子之後。

7

「小鈴！小鈴！」

無論呼喚多少次，鈴都沒有反應。也不知道她是昏過去、聽不見，還是不理人。只見鈴睡著似地閉上雙眼，頭部很快又埋沒在肉塊當中。

「啊啊。」

他們只能眼睜睜看著鈴的身體再度埋進異怪體內。

十幾公尺的距離終究搆不著，沙耶拚命伸出手，但連碰都碰不到。

沙耶再度拿起梓弓，拉了弓卻就此定住。異怪的身體比想像中更柔軟，箭又插得很深，一想到如果鈴位於射線上，沙耶實在無法瞄準異怪的身體正中央。

糾結到最後，沙耶的箭射向異怪的手腳。箭插在黏土人偶般歪七扭八的手臂上。箭深深穿進手臂，但很快就落下來，像插在泥土上。

第二話
「交」

「怎麼這樣……」

有耶無耶踏過掉在地上的箭，像人類嬰兒般爬行前進，對於御蔭神道其他人的攻擊也全不在意，完全不放慢腳步。

有耶無耶的背後，有總本山的人馬不停以法力攻擊。多達數十人，從前後兩方對異怪展開的攻勢，已經不只是過剩，簡直是瘋狂。

但有耶無耶不停下，一直往前進。前方有多達數十萬人居住的市鎮。

「鈴，停下來。」

有個人攔在有耶無耶的去路上，試圖強行阻止——是櫻子。然而，圓木般的肉塊突如其來地伸出，輕而易舉就將她的身體掃開。

有耶無耶從倒地不動的櫻子身旁經過，悠然前進。

「為什麼不殺了異怪？」

一名僧侶——葉念，看到無論總本山的法力與御蔭神道的靈力都不管用，忿忿地自言自語。

源覺吩咐他全程監看討伐有耶無耶與救出鈴的這一連串行動，但他實在無心正經執行任務。

葉念討厭一一。

從以前就有傳聞說一一是怪物，但葉念並未當真。看到一一與競爭對手御蔭神道的巫女感情很好，他固然覺得沒趣，但也不至於討厭。

臭味不相投，這個描述最接近真相。

本來只是這樣，但在前幾天，出現一份不容懷疑的資料。

葉念覺得很噁心，感到一陣惡寒，萬萬沒想到一一真的是不折不扣的怪物。情緒的天秤不是倒向嘲笑，而是倒向憤怒與恐懼。

對有耶無耶的第一波攻擊以失敗收場，暫時撤退的命令下達後，現在他們正在回臨時總部的途中。

「咳！咳！」

咳嗽。為了追趕令人心裡發毛的異怪，他們在還留有冬天寒氣的山上奔波了一整晚。只要解決那個叫鈴的丫頭，就可以看到不順眼的一一絕望的模樣。葉念對這個任務提不起勁，唯有這件事是讓他願意去執行任務的動機。

「真是的，咳！該死，這是怎樣啦。咳咳。」

他一面咳嗽，一面不停咒罵。

第二話
「交」

「喂，你還好嗎？」

平常總是混在一起的一名僧侶，看到葉念咳個不停，一直覺得不安。

「少囉唆，別管我。」

葉念十分暴躁。

莫名地覺得，心情就是比平常亂。

僧侶似乎是被葉念的態度惹火，如葉念所願，乖乖走遠了。

「是感冒……了……嗎？」

話都說不順，症狀愈來愈嚴重。

身體在痛，皮膚表層異樣地癢。就算用指甲去抓，也是不管怎麼抓都無法讓癢消退。不知不覺間都已經抓到出血，但他還是沒辦法停手。

咳嗽也停不下來。每次咳嗽，關節都像要散了似地疼痛，連牙齒和眼球裡頭都在痛。

實在不太妙。想快步走卻膝蓋著地，連路都走不順。

「喂，你真的不要緊嗎？」

他聽見先前才剛離開的僧侶叫他。

「我……」

他想出聲說自己在這裡，但沒能好好發出聲音，反而聽見一種野獸似的奇妙叫聲。這聲音到底是從哪來的？怪聲聽起來是從很近的地方傳來，但是環顧四周，根本沒看見像是會發出怪聲的野獸。

「喂，剛剛那叫聲是怎樣？」

同伴僧侶也發出驚呼，確定不是自己聽錯了。

「嘎，嘎嘎嘎……」

正想大喊，卻又聽見那奇妙的叫聲。

聽起來不像是野獸叫聲。

「難道，有異怪在？有異怪的妖氣啊。葉念，你在的話就回答。」

能聽見僧侶的呼喚。

——異怪？在哪裡？

雖然聽見奇妙的叫聲，但感覺不到異怪的妖氣。不，隱約感覺得到，但感覺不出在哪裡。由於實在太近，感覺很模糊，讓他什麼都搞不清楚。

「嘰嘰嘰嘰……嘎嘎，咕葛……」

每次想說話，就有奇妙的叫聲礙事。叫聲迴盪在腦海中。

「喂，葉念？」

同伴僧侶已經來到很近的地方，從草木之間看得見對方的身影。

第二話
「交」

——在這裡。

由於不太能發出聲音，他打算用比手畫腳來通知同伴。他掃開礙事的粗厚草木，揮動手臂。

一隻像是爬蟲類的手臂在眼前搖動。到底是怎麼回事？

那名僧侶總算發現葉念，轉過頭來，但他的臉莫名地一瞬間染上恐懼的神色。

「是……是異怪！」

僧侶呼喊的同時，將錫杖投擲過來。錫杖擦過葉念的臉孔，插在身後的樹上。

「嘰嘰嘰……咕咕，咰……」

很危險耶——他正想抗議，但又有奇妙的叫聲和自己的說話聲重疊。不對，不是這樣，這叫聲正是自己的聲音。

——啊啊，原來如此。

葉念總算明白了。

自己就是異怪。

「這是什麼情形……」

源覺看著眼前被制伏的異怪，再也說不下去。異怪身上穿的顯然是總本山的僧袍，但穿這僧袍的，儘管和人一樣有著四肢，卻不能說是人。

皮膚覆蓋著一層鱗片，鱗片的縫隙間長有以人類而言未免太長的體毛；口鼻往前突出，額頭上長著一根角；難受地張開嘴，發出低吼；被兩名僧侶按住的手臂，肌肉隆起得像是要脹破皮膚，讓人覺得只要稍有大意，就會被掙脫，還會被尖銳的鉤爪撕裂。

「為什麼這個異怪穿著僧袍？不，應該先問這異怪到底是什麼？」

到這個時候，又出現來歷不明的異怪，讓源覺眉頭的縐紋更深了。

「這……」

誰也不清楚，猶豫著不知道該如何回答，異怪就抓準這個空檔掙脫了壓制，撲向面前的源覺，鉤爪劃出弧線。源覺在千鈞一髮之際跌坐在地，往後退開。

僧侶們趕緊上前壓制異怪。好幾名體格強健的男子從上方壓住，異怪被壓得不能動彈，只能難受地反覆著粗重的呼吸。

源覺還跌坐在地上震驚，發現自己臉頰上溫溫熱熱的。伸手一摸，手上傳來血液黏膩的觸感。雖然傷口很淺，但臉頰已經被鉤爪劃破。要是再偏個幾公分，可能會慘不忍睹。

「您還好嗎？」

僧侶們吃力地扶起他寬胖的身軀。

「怎麼可能沒事！你們看看我的臉。」

源覺對趕來治療的僧侶大發牢騷，說藥液滲進傷口會痛云云，吼完了一通，大概覺得舒暢了，於是低頭看著這個被多人按住而無法動彈的異怪。

「這個異怪是什麼來頭？」

他再次問出同一個問題，但沒有人答得出來。無可奈何之下，源覺只好改問另一個問題。

「這僧袍是誰的？」

「是，推測應該是葉念的。」

僧袍上都繡有持有者的名字，若非出什麼天大的差錯，否則不會弄錯。

「那就找葉念來問吧。哪個人去把葉念叫來。」

「怎麼啦，還不來嗎？」

「可是我們找不到葉念。」

「找不到？這是怎麼回事？」

「他只說不舒服，之後就沒看到他了。」

鴉雀無聲的氣氛中，聽見近似慘叫的聲音。

「異怪出現了！」

源覺的表情變得更加厭煩。

「竟然有人現在才發現，不中用也該有個限度。」

踩著粗重的腳步聲跑來的僧侶，單膝跪在源覺身前進行報告。

「源覺大人，異怪出現了。」

「你在說什麼夢話？異怪不就在你眼前嗎？」

「不……不是的，是有別的異怪。有別的異怪突然出現了。」

「你說什麼？」

源覺在僧侶的帶領下，前往據說是有異怪出現的地方，但相反的方向，又傳來別的慘叫聲。

「是異怪，有異怪啊！」

「異怪跑了。快追！」

「這邊也出現啦。」

吼聲與慘叫此起彼落，原因都是突然有異怪出現。

「到底是發生了什麼情形？」

直到這個時候，源覺才總算察覺狀況有多麼反常。

「為什麼會這樣……」

當理彩子走進御蔭神道租用的度假小屋，突然出現在走廊上的異怪，眼看正要被制伏。

異怪身上長有剛毛，牙齒也明顯突出，大小與人類相近，一看就是異怪的模樣，但理彩子不曾見過這樣的異怪。

好幾名神官與巫女，靈力與力氣並用，才勉強封住異怪的行動。

「是從哪裡出現的？發現地點是？」

「是浴室。在和有耶無耶戰鬥後，兩名正在淨身的少女下落不明。」

一名巫女以害怕的口氣對理彩子報告。

「是誰？」

「是香織與奈那。」

「衣物和浴室的窗戶呢？」

「窗戶從內側鎖著。衣物上沒有傷痕，留在脫衣間裡。難道說……」

是被吃掉了？巫女說到一半，把話吞了回去。

然而，雖然還只看了幾秒，但這異怪實在不像是能夠吃掉足足兩個人的強大異怪。嚴格說來，存在感比較薄弱，感覺有些無力。是因為妖氣比較弱，才能夠不被任何人發現，一路入侵到小屋裡嗎？但這裡有這麼多神官和巫女在，這種可能性趨近於零。

這時候，二樓傳來玻璃碎裂的聲響。

一瞬間，每個人的注意力都被二樓的聲響吸引。

「我去。」

理彩子比任何人都搶先跑上階梯，打開傳來聲響的房間門一看，她當場睜大眼睛。同時，隨後追來的幾名巫女，也同樣睜大眼睛、啞口無言。

「無口大人，為什麼，又有異怪……」

「到底有多少隻？」

然而，這次的異怪和先前不一樣，看來僅打破房間裡一面大穿衣鏡，並沒有動粗的跡象，就只是縮在椅子後面發抖。

「我們來制伏異怪！」

理彩子伸手制止正要上前的神官，靜靜地踏入房間。

「冷靜點，你們仔細看她身上穿的衣服。」

雖然四處有著破損，露出長著剛毛的皮膚，但這異怪所穿的，無疑是御蔭神道的巫女服。

看到這情形，巫女的表情轉變為真正的害怕。

第二話

「交」

理彩子慢慢地，用溫和的聲調，對縮在椅子後面發抖的異怪說話。

「妳是琴音吧？」

被她稱為琴音的異怪，連連搖頭。

「不用擔心，只要妳還是琴音，不管妳的外表變成什麼樣子，我們都不會動用暴力，也絕對不會消滅妳。不用怕，相信我，琴音。」

理彩子蹲下去伸出手，琴音就微微點頭。

「馬上找三名神官來。在琴音還不抵抗的時候，不要危害她。」

大個子的神官，立刻就要去樓下找同伴。理彩子朝著他的背影下令：

「當然，底下兩個人也很可能是香織和奈那，千萬不要不小心殺了她們。」

「我明白了。」

「無口大人，請問到底發生了什麼事呢？」

一名巫女以一臉快哭出來的表情詢問理彩子。

突然有巫女變成異怪，理彩子心中的不安不斷高漲，但她盡可能不把這樣的情緒表現在臉上。

「還不知道，但是要冷靜，會有……」

這時候，一名做巫女打扮的女性，出現在她們兩人面前。

「無耳大人！」

從裡頭出現的櫻子，並未發現她們兩人在場，踩著左右搖晃的腳步走遠。

「櫻子大人！」

理彩子從後追去，但不知道櫻子有沒有聽見叫住她的聲音，沒有回頭的跡象。

櫻子就這麼軟倒似地在走廊上膝蓋著地。理彩子追上，趕緊伸手要攙扶她。

櫻子的側臉看來憔悴到極點，臉頰凹陷，眼睛張大得像是眼球都要掉出來。昨天看到她的時候，她也很憔悴，但當時不像現在這麼嚴重。即使原因是現在發生的異怪動亂，還是顯得不對勁。

「無耳大人，櫻子大人，您還好嗎？」

「不……不要過……來……」

櫻子的嘴說出拒絕的話。

「不……不對……不是……這樣……」

但她話說得斷斷續續，含糊不清。

看到櫻子想揮開人而伸出的手臂，讓理彩子完全說不出話來。只見從袖子底下露出的手臂，與人的手臂相差甚遠，不但形狀怪異，體表還長著鋼鐵般的剛毛。

「嗚……啊，啊啊啊……」

難受的呻吟，漸漸轉變為哀號，再轉變為吼叫，最後化為野獸遠吠似的叫聲。

櫻子的嘴往前突出，皮膚失去水分而龜裂，有剛毛從裂痕中長出。
櫻子身上也開始了變成異怪的變化。

11

湊會醒來，是因為行動電話響個不停。
他躺在擅自借用的小屋床上，但最後仍敗給了沒有跡象顯示會停止的電話鈴聲，起身拿起手機。打來的號碼是孝元的。
「你知不知道現在幾點啊？」
『湊，發生不得了的事了。』
「不得了的事？是異怪終於去到民宅了嗎？」
『不是。但這是史無前例的狀況，這種事還是第一次啊。』
湊嫌麻煩地坐起身，環顧地板想找鞋子，但隨即發現自己穿著鞋子就睡了。他直接起身，下了樓梯。
「好好好，我去總可以吧。別這樣大吼大叫，我馬上過去。」

『請你來的路上要小心。我派勇氣和沙耶兩個人去接你。』

「接我？我幾時有這種VIP待遇了？」

『不是這樣的。其實是……嗚哇！』

電話另一頭，傳來疑似打鬥的聲響，持續了好一會兒。

「喂，孝元，怎麼啦？」

『不好意思，我們這邊在忙，詳細情形你問孩子們……』

電話講到這裡就掛斷，打回去也沒有接通的跡象。

「大半夜把人吵醒又這樣，搞什麼鬼？」

但湊似乎多少還是有些在意，下樓打開玄關的門。正好沙耶與勇氣兩人就站在門外，正要按門鈴。

「怎麼，你們已經來啦？」

湊邊打呵欠邊說話，兩人揚起眉毛湊上前逼問：

「大叔，你在悠哉什麼啊？」

「發生不得了的事情了！」

沙耶與勇氣兩人二話不說就拉起湊的手。

「喂，我才剛睡醒，別這麼催我。」

第二話「交」

無論湊如何抗議，兩人都不停止拉扯。湊只好死了心問：

「也不用特地來接我吧？」

「因為有危險。」

「現在讓大叔死在這裡，我睡覺都會不安穩。」

湊露出有些不信服的表情。

「危險？發生什麼事？孝元講電話講得很慌張。」

「不知道，但就是發生了令人不敢置信的事。」

「你來了就知道。」

湊起初還嫌麻煩地跟著，但當他聽見遠方可以看見的臨時總部傳來慘叫聲，看到情形並不尋常，便加快腳步跑了起來。

途中有東西從樹林中竄出，勇氣用法力擋住。光線很暗所以看不清楚，但可以看見是人形的東西蠢蠢欲動。

「你們先走，這裡我會想辦法。」

「是異怪嗎？為什麼會出現在這種地方？」

「不知道。總之請跟我來。勇氣，你要小心喔。」

沙耶雖然擔心勇氣，但仍拉著湊走。現在發生的事比此刻出現的異怪更嚴重。

當湊喘著大氣看到臨時總部的四周，當場瞪大了眼睛。

「這是什麼情形……」

四處都發生戰鬥。總本山與御蔭神道的人，和人類大小的異怪在打鬥，而且不是只有一處。

就湊放眼望去所見，就有四個地方發生了戰鬥，而且還有到處跑的異怪、四處逃竄的巫女、倒在地上不動的僧侶。

四處大鬧的異怪當中，有一隻發現湊與沙耶，發出怪聲跑過來。

沙耶上前詠唱祝詞，在眼前形成一道不讓異怪越過的障壁。

「妳的弓怎麼了？」

憑沙耶的本事，足以一箭打倒跑來的異怪。

「不能用。」

「為什麼？」

「老師，你沒發現嗎？他們都穿著僧袍、巫女服或神官服。」

被沙耶的祝詞阻擋而無法動彈的異怪，做巫女打扮。

「喂，難道說……」

「是的。他們……他們本來都是人！」

湊重新環顧四周，異怪的數目將近十隻。

「是這麼回事啊。」

湊把手伸向腰後，拿出一個警棍狀的物體，抵在異怪額頭上，按下手上的開關。藍色的火花濺出，異怪身體痙攣，隨後倒在地上不動了。

「電擊棒？」

「對。現在這種情形，用這種東西還比較輕鬆省事。」

「這對異怪也有效呢。」

「因為出力調高了啊。用在人身上就有點不妙。」

這已經不算是電擊棒了吧？沙耶起了這樣的疑問，但怎麼想都不覺得湊會在意這種事。

湊一路悠哉地走向臨時總部的帳棚。途中有異怪發現湊而撲過來，但湊只以些微之差躲過爪子，把電擊棒抵上去、打開電源。

湊對倒地的異怪不多看一眼，朝目的地直線前進。

沙耶茫然目送湊的背影走遠，這時勇氣拍了拍她的肩膀。

「我們走吧。」

勇氣把繩子擲向還無法動彈的異怪，繩子就像蛇一樣纏了上去，奪去異怪的行動能力。這是據說會捉住壞人的不動明王金剛索。

把倒在湊經過之處的異怪全都捉住後，他們晚了幾步，走進臨時總部的帳棚。

同時，帳棚內閃起藍色的火花。

「喂喂，你還在跟這種東西耗喔？」

看到湊搖晃警棍，露出嘲笑的態度，孝元看著倒在腳下的異怪，露出苦笑。

「慚愧。湊也平安來到，真是再好不過。」

「大概出現了多少隻？不，是有多少人變成異怪了？」

「完全變成異怪的有十二、三人。部分變異的，我最後確認時是七人吧。」

「部分？」

孝元以僵硬的聲調說「跟我來」，在前面帶路。

他們擊倒途中遇到的一隻異怪，從臨時總部旁邊的階梯上樓，前往法堂。從中傳來誦經與詠唱祝詞的聲音。進去一看，裡頭有著幾名男女。眾人分成兩個集團，應該就是總本山與御蔭神道。

孝元叫來一名僧侶，要他捲起袖子露出手臂，只見手臂上長著密密麻麻的鱗片。不只是手臂，從肩膀到頸子也長著鱗片與剛毛，口中還長著肉食獸似的長犬齒。

「你神智正常嗎？該不會突然咬人一口吧？」

身體一部分變樣的僧侶，無力地回答說不要緊。

「他的意識很清醒，不用擔心。」

孝元掛了保證。

「在這裡的所有人，都一樣異怪化了嗎？」

湊放眼看向昏暗的法堂，每個人都不安地回望湊。不知不覺間，念誦經文與祝詞的聲音都停了，只剩下一股奇妙的寧靜。

一個人站起來，袒露出上半身，他的身體滿是鱗片；另一人站起來，拿下頭罩，他的嘴往前突出，頭上長角；又一人站起來，露出了腳，這人並未穿鞋，腳掌是有著利爪的三根腳趾，讓人聯想到鳥類。

發生變異的部位各不相同，但幾乎所有人身上都出現某種異狀。

兩個小孩在身後啞口無言。

「災情也許還會擴大。我也有可能變成異怪。勇氣和沙耶，還有當然也包括你，說不定都會變成異怪。」

孝元深深一鞠躬說道：

「我求求你，湊，希望你解開這個現象的謎。可以的話，希望你能解決。」

「有耶無耶的事怎麼辦？」

「我想應該不會無關。目前變成異怪的，都是派遣到這裡的人。這座山之外，目前尚未確認有人發生變異。」

「是有耶無耶害的……」

沙耶臉色蒼白，眼看隨時會昏倒。

「老師，我們接下這個案子吧。這跟我們也……」

「對啊，跟我們也不是無關。」

勇氣強而有力的說話聲，與沙耶幾乎聽不見的說話聲重合。

孝元朝著湊，用罕見的強力語調說：

「當然你也有權利拒絕。但如果你拒絕，在事情解決之前，就請你待在擅自借用的小屋裡。因為既然你也有可能變成異怪，我們就不能放你下山。」

13

「有耶無耶的事都還不知道要處理多久，竟然又像這樣接連發生各種奇異的事情。」

第二話
「交」

臨時總部內，有人用拳頭敲桌子發出聲響。
會議的人數比昨天少了一人，櫻子由於異怪化而無法出席。
「御蔭神道有七人因為異怪化而失去理智，身體一部分變異的有五人。」
理彩子報告的聲調很沉重。因為她親眼看到櫻子在她面前變異。
「總本山方面的受害狀況整理出來了嗎？」
完全異怪化八人，部分異怪化五人，結果和御蔭神道相去不遠。
「竟然合計有二十五人。在這裡的人有一半都異怪化了！」
「但在這裡的人數卻沒怎麼減少。」
湊突然大聲說話。
「五十名左右的人，有一半受到影響，但這裡只少了一個人，還不到一成。而且我聽說，少掉的那個人，也曾直接和有耶無耶對峙過。在這裡活蹦亂跳的人，半數都是隔岸觀火的傢伙。」
「換句話說，湊要說的意思是這樣吧——只有曾和有耶無耶接觸過的人，發生了異怪化。」
孝元以委婉的方式重說一遍。
「哼，這種情形從一開始就在預料範圍內。問題是他們為什麼變成了異怪？」
源覺忿忿地看著湊。
「會不會是有耶無耶的詛咒？讓身體產生變化的詛咒是存在的吧？」

有一人提出意見，但反對的聲音居多。

「不是詛咒。如果是強得可以讓人變成異怪的詛咒，一定會有人發現異狀。但災情都這麼嚴重了，卻連詛咒的妖氣都沒有人感應到。」

「反過來說，就是根本不知道下一個變成異怪的是誰。所以在場的任何一個人變成異怪，都沒什麼好奇怪的吧。」

湊看著他們對答，說出惹人厭的話。眾人疑心生暗鬼的眼神交錯。

「我們必須趕快制伏有耶無耶，這樣一來，動亂的源頭應該就會解決。」

「制伏？怎麼制伏？對上法力和靈力都不管用的對手，你們要怎麼打？」

「並不是完全不管用。能夠暫時絆住腳步，也就表示多少有些效果。只要用人海戰術不間斷地攻擊，應該遲早能打倒有耶無耶。」

「現在就是辦不到你說的人海戰術，這你都不懂嗎？要知道有一半的人倒下了啊。」

「還沒找到一嗎？發生這麼嚴重的醜聞，至少該讓他親手了結吧。」

「說起來，為什麼那個異怪的抗性這麼強？」

「想也知道，因為是巫女和法僧之間生下的小孩吧。」

每個人都用吼的主張自己的意見，湊抓準空檔插話。

「不只是繼承雙親的抗性，還有一個可能，就是混種也可能發揮了正向作用。動植物也會有混種後，免疫力與繁殖力提升的情形。農作物的品種改良，就是很好的例子。有耶無耶的混血，說起來就是在對靈力與法力的抵抗性上，發揮了正向的作用吧。」

湊的話讓不安的情緒在會議場上蔓延。

「這樣的對手打得倒嗎？就算打得倒，異怪化的毛病真的會治好嗎？」

「就算治不好也能阻止災情擴大。都這個時候了，就放棄那些變成異怪的人吧。」

「真到了緊要關頭，也是不得已啊。」

傾向死心的氣氛蔓延，這時用力拍打桌子站起來的是理彩子。會議的場子一瞬間冰冷下來。

「在前線作戰的人都很勇敢，多半做好了心理準備，為了驅除異怪、保護人們，不惜犧牲性命，所以如果沒有手段可以救他們，我想他們也會果決地捨棄性命。」

「既然這樣，什麼問題也沒……」

「有。對於他們的覺悟，我們什麼都還沒做。一天到晚在這裡悠哉討論，無謂地耗費時間，連他們一半的覺悟都沒有，就只會爭面子？就只會對競爭對手燃起鬥志？如果只是吵鬧，這種事連小孩子都會。」

「看來妳也累積了一肚子火啊。」

湊在一旁說笑，理彩子用力瞪他。

「湊，我說這些也包括你，不要嘲笑挺身而戰的人所懷抱的覺悟和勇氣。」

「……是嗎？也對，這可對不起了。」

沒想到湊會乖乖道歉，讓理彩子吃了一驚。她的氣勢有些散了，想說的話也說完了，於是坐下來。

「我還以為湊討厭我剛剛說的那種精神論呢。」

「平常我是討厭，但這次另當別論。過意不去的念頭總還是有的。」

他的回答有那麼點文不對題。說不定他對奮戰的人們懷抱著某種感情。

「我要問個重要的問題，有沒有人下了這座山？」

理彩子說完話之後，形成一股眾人都避免輕率發言的氣氛，這時湊如此詢問。

「應該還沒有。從開始有人異怪化之後，也不准大家下山。總本山的二十五人和御蔭神道二十六人，所有人應該都在。」

孝元如此斷定。姑且不論總本山，為什麼他連御蔭神道的人力都掌握得這麼清楚？

「你從哪裡得到這種消息的？」

理彩子半是佩服、半是傻眼。

「也就是說，不會有可能變成異怪的人，待在人多的聚落裡吧？」

「這點萬無一失。為防萬一，我們還派了人站哨，避免有人擅自下山。」

「你是那種笑著懷疑人的類型啊。」

「我不是懷疑，只是以防萬一。」
孝元的笑容一次都不曾動搖。

14

夜裡的喧鬧完全平息，到了早上，四周籠罩在一股奇妙的寧靜中。
直到昨天都還有多達數十人，可說有些小題大作的異怪對策總部，現在卻靜悄悄的，呈現出一種廢村似的樣貌。即使看得到人，也是一副精疲力盡的模樣，氣力與生機都枯竭了。
「事情很嚴重啊。」
勇氣喃喃自語，但身旁的人不回答。
沙耶低頭不語，用力握緊紅袴，一雙睜大的眼睛顯得有些空洞。
「沙耶大姊姊，妳還好嗎？」
「得趕快讓事情結束……」
「大姊姊？」
「得趕快讓事情結束，趕快……」

不管勇氣怎麼呼喚，她都像發高燒囈語似的，一直反覆說著同樣的話。

「這不是沙耶大姊姊害的啦。會弄成這樣，都是……」

「不是的。如果我能夠周旋得更好，如果那個時候可以順利絆住對方，我想就不會弄成這種情況。」

雖然覺得她有點太鑽牛角尖，但考慮到事情的來龍去脈，也是無可奈何。尤其異怪化現象的蔓延，肯定增加了沙耶精神上的負擔。

「總之，現在最先該解決的問題就是掌握原因。現在還不能確定異怪化是有耶無耶害的。」

勇氣正安撫沙耶，就看見湊從臨時總部的帳棚走出來。他似乎看見他們兩個，慢慢走過來。

「怎麼樣？」

「沒什麼大進展。昨天才發生的事，情報也很混亂。要說知道了什麼，就只有異怪化的人全都接觸過有耶無耶這一點。」

「果然原因是在有耶無耶身上……」

沙耶一句話說到一半，又打消主意，低頭不語。

「請問災情大概有多少？」

「大概半數吧。不過你們兩個，現在是擔心別人的時候嗎？尤其沙耶，妳那麼靠近過……不過山猿和人大概不一樣啦……」

湊說到一半就住口不說，是因為留意到車子開來的聲響。

幾輛車陸續停下，總本山的僧侶下了車。

「喂，還有笨蛋在這種狀況下特地過來啊。他們是來這裡放棄當人的嗎？」

車陣中混著一輛不搭調的高級車，下車的是個一身袈裟金碧輝煌、一眼就看得出位階很高的僧侶，以及兩名看似隨從的年輕僧侶。高僧以略顯神經質的表情，放眼看向臨時總部四周，吩咐了幾句。

湊的表情變得愈來愈狐疑。

「真沒想到會有那種大人物來啊。」

「真的。」

勇氣也同樣睜圓了眼睛，只有沙耶一個人不清楚。

「請問那是誰？」

「就像看上去的那樣，是個大人物，也是源覺的老冤家，同時是一一的監護人──遼遠。」

遼遠看著四周好一會兒，隨後注意到湊等三人，朝他們輕輕一點頭。

沙耶趕緊點頭回禮，勇氣也簡單一鞠躬，唯一的成年人則沒趣地咂舌一聲。

「他來做什麼？」

「是來調查異怪化的情形嗎？」

「要知道，現在的狀況可是根本不知道誰會變成異怪啊。——陷入絕境的時候都不行動的人，都這個時候了還來做什麼？」

「的確是很奇怪。」

對於湊所說的話，勇氣也有同感。他對於遼遠並沒有對源覺會產生的那種單純的嫌惡感，但相對的，會覺得眼前這人令他心裡發毛，感覺有些不舒服。

即使遼遠的身影消失在異怪對策總部的帳棚內，湊似乎仍然在思索，視線一直盯著那個方向。

15

臨時總部中，源覺和遼遠對峙，讓他們的隨從都結冰似地縮起身體不動。

「看來你應付維艱啊。」

遼遠一句話，讓源覺一瞬間面紅耳赤，但他至少有著不吼回去的自制。

「這可不是遼遠師兄嗎？您來得可真悠哉。——窮途末路的時候您都旁觀，現在才慢吞吞地出現，這是吹什麼風來著？」

他自己覺得笑咪咪的，但眼皮在抽搐。

「因為我知道一的嫌疑遲早會洗清。而且我鍛鍊他的方式，沒有馬虎到會讓他輸給這裡這些人，我反而比較擔心想捉住他的那一方。」

不只眼皮，臉頰也開始抽搐。

「洗清嫌疑？您說的事情可真奇妙。現在就是因為一一輕率的行動，才導致異怪發生，您卻說他的嫌疑會洗清？哈哈哈哈哈哈，遼遠師兄真愛說笑……雖然不怎麼好笑。」

源覺的隨從心想他明明就笑了，但不能說出口。

「他不是異怪，這點不是已經由那個零能者證明了嗎？而且，如果別把他們兩人逼到那個地步，應該不會讓事情演變成這樣吧？不，如果不是因為包圍網太鬆散而被他給跑了，狀況應該不會變得這麼棘手。」

面對遼遠的源覺，繼眼皮與臉頰後，連鼻孔都擴張了。他深深吸一口氣，發福的肚子更加膨脹，與遼遠瘦削的身材形成鮮明對比。

「您說話可真不饒人。不過這次的這件事，但願旁人也會和遼遠師兄有一樣的見解。一想到如果在我的指揮下打倒了有耶無耶，您看在旁人眼裡會是什麼樣子，我就擔心得不得了。」

遼遠先前一直冷眼看著源覺勉強可以算是有笑容的臉，這時表情才首次動了。

「你要小心別被搶在前頭。」

他薄薄的嘴唇露出薄冰般的笑容，連聲調都像是要結冰了。

「被搶在前頭？被御蔭神道那些傻子？」

源覺連修飾用詞都忘了，說得十分難聽。

「九条湊。」

他萬萬沒料到，遼遠口中會說出這個名字。

「哼，那種騙徒能做什麼？事實上，他對有耶無耶就束手無策，只會像個稻草人一樣杵在那兒。」

「是那樣就好。」

遼遠臉上的表情已經消失，只剩下讀不出感情的能劇面具。

「祝各位順利。」

因此，連這句話是真心還是諷刺，都無從判斷。

遼遠離開後的帳棚裡，源覺一直掛著憤怒的表情。隨從的僧侶發抖得有如淋到雨的幼貓。

源覺默默朝隨從伸出手，立刻有一把扇子放到他手上。

「乳臭未乾的小伙子！」

源覺雙手握住的扇子，被他從中間折成兩截、拋在地上。隨從想像如果那是自己的脖子，當場臉色發白，但仍撿起殘破的扇子收進懷裡，並且隨時準備好遞出新的扇子。

「一定要解決有耶無耶，哪還能在乎手段。」

「是……是的。」

隨從應聲後，戰戰兢兢地詢問：

「可是要如何解決？那可是個法力和靈力攻擊都不管用的對象啊。」

「這沒什麼，還有辦法。」

聽到源覺口中說出的計畫，隨從臉色慘白。

「不可以。這種不人道的……」

被源覺一瞪，隨從把話吞了回去。

「這樣御蔭神道應該不會不吭聲吧？」

「真要追究起來，有一半的責任在他們身上。而且事態緊急，不用理他們。」

「就算是這樣，一個弄不好，源覺大人的立場也會有危險。」

「別擔心，有個人很適合幹這種髒活兒。」

源覺肉多的臉頰上露出猥瑣的笑容，說得自信滿滿。

湊在附近的小屋裡，穿著鞋躺在床上。但他並不是在睡覺，只見他睜開雙眼，看著天花板。

他潛心思索，心不在焉。

過一會兒，沙耶與勇氣回到小屋裡。看到他躺在床上的模樣，勇氣傻眼到了極點說：

「真虧你在非法入侵的房子裡，可以躺得這麼自在。」

湊從這些除了旅遊旺季以外都關閉不用的度假小屋裡，擅自借用了一間。

「會打掃乾淨還回去。」

「不是這種問題吧？而且誰來打掃乾淨？」

湊不回答。

「沒關係，這點小事我會做。」

沙耶有更在乎的事情。

「別說這個了，老師，我們該怎麼辦？事情鬧得很大啊。本來以為只有小鈴的小孩是異怪，結果大家都變成異怪了，原因大概也和小鈴有關，這一帶還全部封鎖。啊啊，而且而且，一不知道什麼時候失蹤了……」

沙耶愈說愈快，最後還比手畫腳，隨時都像會弄得自己眼花撩亂。

「大姊姊，妳先冷靜點，深呼吸一下。」

「嗯……嗯。也對。嘶～嘶～呼、嘶～嘶～呼～」

「那是分娩時的深呼吸吧？是沒關係啦。」

「怎麼，連妳也不知不覺間成了個早熟的小鬼啦？事情倒是都做過了嘛。」

「怎麼可能！我還……」

沙耶喊到這裡，似乎終於想到自己在說些什麼，趕緊住口不說，這次真的慢慢做了深呼吸。

「鎮定點了嗎？」

「是，我鎮定下來了。只要我有這個意思，一、兩個深呼吸難不倒我。」

她沒發現自己說的話還很怪。

「要不要來整理一下狀況？發生了很多意料之外的事，我腦子也一團亂。」

「老師，小鈴真的不要緊嗎？」

「誰知道呢？」

得到的答案與期望中的不同，讓沙耶不由得身形一晃。

「我認為對於現在的狀況，我們也有責任。」

「我可沒有。」

「老師，請你正經回答我。我想趕快結束這種情形，也得趕快讓小鈴解脫。一應該也不希望這樣的情形持續很久。」

「我也想趕快結束。那種大同小異的話題一直迴圈的會議，我再也不想參加了。」

湊與沙耶所說的「想結束」，其實大不相同。

「畢竟我也錯誤判斷了一次啊，所以，我以虛懷若谷的心態，乖乖陪他們開會。你們這些組織不管搞錯多少次，都還是可以跩成那樣，這種粗神經我也好想學起來啊。」

虛懷若谷這個字眼，兩秒鐘左右就消失了。

「老師，真的只有這種方法可行嗎？」

沙耶遲疑了好一會兒，總算下定決心似地問起。

「應該有更安全的方法吧？」

勇氣也贊同。

「沒有。」

湊一口咬定，但兩人不信服。

這時，一樓傳來玄關的門鈴聲。

「有客人？」

「會是孝元先生或理彩姊姊嗎？」

會特地找上湊所待的小屋，這樣的人很有限。

「你們去應門，推銷報紙的就推掉。」

湊說完，刻意打呼裝睡。

打開玄關門一看，站在門外的是個意料之外的人物，讓沙耶當場愣在原地。

一眼就看得出是高階僧侶的袈裟，寬大的體型。習慣看低他人的眼神，看向低處的沙耶。

「可以進去嗎？」

聽到源覺問話，沙耶回過神來，趕緊讓路。

「啊，好的，失禮了。」

源覺當自己家似的，光明正大走進來。

「為什麼？」

勇氣也對這個意外的訪客吃了一驚，同時提防著他是不是要來找自己，但源覺對勇氣連看也不看一眼。

「他在哪？」

源覺簡潔地問。問題實在太簡潔，讓他們起初還不清楚他的意思。

「是指老師——九条先生嗎？如果是找他……」

「我在這。」

湊搔著頭下了樓梯。他一副嫌麻煩的模樣，呵欠連連，而他每次表現出粗魯的態度，都讓源覺的表情變得更難看。

「總本山的大人物竟然親自跑來，還真是稀奇啊。這是吹得什麼風？終於失心瘋、錯亂，還是瘋了嗎？答案究竟是哪一個？」

沙耶從側面看著源覺的臉，清楚地看到他太陽穴上浮現血管，還跳動得令人擔心血管會不會破裂。

「我來找你，是有事情要委託你。」

源覺以壓抑怒氣的聲調，總算說完這句話之後，才呼出一口長長的氣，像是要把整團怒氣都吐出來。

「你會偷偷跑來，看樣子要委託我的不是什麼好事。」

「是很適合你的工作。」

他臉上露出與一身高僧袈裟很不搭調的猥瑣笑容。

「也不必站著講，要不要進來？」

湊下了樓梯，坐到沙發上翹起二郎腿，用一隻腳指著對面的沙發，順便把腳放到中間的茶几上。

源覺顯然對湊的態度很不滿意，然而——

「毛頭小子，這麼囂張。」

他只發了一句牢騷就想進屋內，但又遲疑地停下腳步。勇氣與沙耶原以為他終於被激怒，要回去了，但他們完全猜錯。

「鞋子要在哪兒脫才好？」

他一臉嚴峻的表情，不高興地問起，沙耶忍不住莞爾。她第一次不由自主地覺得源覺可愛，勇氣則是撇開臉忍笑。

「這可是度假小屋這種崇洋媚外的建築物，想也知道穿著鞋子進來就對了。」

「唔，是這樣嗎？」

源覺起初幾步還走得遲疑，但隨即恢復平常高高在上的走路方式，在湊對面的沙發重重坐下，忿忿地瞪著眼前的鞋底。

「你們兩個在發什麼呆，有客人來了，不會去泡個茶來嗎？」

「是大叔自己撬開門進來這棟小屋，哪有可能準備這種東西？」

「真沒辦法，那就拿這個出來吧。」

也不知道是藏在哪兒，只見湊拿出一個酒瓶，再倒進從餐具櫃裡拿出來的玻璃杯。瀰漫室內的氣味，讓兩個小孩皺起眉頭。

「這是有年代的般若湯。」

「不就是酒嗎？」

「到底是藏在哪裡？」

「藏在地下的葡萄酒窖。家具的品味雖然差，但選酒的品味不錯。」

沙耶徹底沒轍，只能搖頭。

「不但非法入侵，還竊盜？老師到底打算怎麼賠？」

「道歉和賠償，我們這邊會處理。」

源覺說著拿起酒杯，轉眼間就喝乾了。

「看來不是什麼正當的委託啊。」

「你為什麼這麼想？」

「如果是正當的委託，你應該會找我過去吧？就是因為不希望別人知道你跟我接觸，才會這樣偷偷摸摸跑來。」

「也可能只是心血來潮。」

「不可能。更奇怪的是，你沒帶孝元來。經由他會比較容易談妥，你這麼會動歪腦筋，這點總還想得到吧？」

源覺咂舌一聲，將第二杯酒灌進喉嚨裡。

「你還是老樣子，只有這種小聰明特別靈光。」

「這可謝了。可是你們這些和尚，一個個酒量都很好，還喝得很快。」

湊的第一杯才喝了一半。

「趕快把事情說一說吧。跟你講太久，酒窖三兩下就要空了。」

源覺依序看看勇氣、沙耶，最後看向湊。

「這個祕策也許打得倒那個異怪，但我希望保密。」

「你的意思是要兩個小鬼迴避？」

「說穿了就是這麼回事。我想跟你一對一談。」

湊好一會兒不回答，視線落到玻璃杯裡紅色的水面上。

「殺白銀鈴——這就是你要委託的事吧？」

源覺固然吃了一驚，但沙耶與勇氣更是驚愕。

「要殺小鈴……」

「為什麼有必要這麼做！」

源覺對抗議的兩個小孩，斬釘截鐵地斷定：

「就是有。雖然時間很短，但母親曾經從異怪體內出現。為什麼那個異怪會把鈴納入體內？那傢伙是才出生一天的異怪，搞不好還需要母體吧。既然如此，只要殺了母親，小孩不就會死嗎？又或者，即使不死，也會弱化。」

源覺的說法聽起來有道理。但沙耶自不用說，勇氣也不可能對這個提議點頭。

「這一切不就只是推測嗎？竟然只靠推測就說要殺了小鈴。」

「是啊，太蠻橫了。」

「但這個人不也有了同樣的推論嗎？」

源覺看著還悠哉坐著的湊。

「也對，這個可能性很充足。」

湊竟然與源覺意見相同。

「我們的專業是驅除異怪，有時也會殺死有著人類形體的異怪。但要殺人就另當別論，沒有這樣的技術和心理準備。」

源覺說出驚人的話語，但聲調並未改變，這讓沙耶與勇氣都覺得心裡發毛。

「所以才輪到我出馬是吧。」

要說不變，湊也是一樣，但還看得到情緒起伏，總還有幾分人情味。

「如果殺了白銀鈴，有耶無耶還是沒有改變，你打算怎麼辦？說不定那個異怪單純是有迷戀媽媽的戀母情結。可不能只為了可能性就殺人啊。」

源覺滿意地點點頭。

「這是不是表示，反過來說，只要確定，你就可以殺人？」

「那是最後的手段就是了。」

「你說的話可真有良心。還是說你怕了？」

「不管對人還是對異怪，失去對奪走生命這件事的恐懼就完蛋了。一旦心遲鈍到那個地步，對自己的性命也會變得遲鈍。到了那種地步，遲早會死。」

湊的話讓沙耶與勇氣都鬆一口氣。沒想到他會說出這麼有道理的話。

「我接這委託是有條件的。」

湊彷彿看穿他們兩人放下心來，很乾脆地答應了。沙耶與勇氣忍不住插嘴：

「老師！」

「等一下啦。」

但湊完全不理會兩個小孩的抗議。源覺也當他們不在場，繼續談話。

「你說說看。」

「為什麼到了現在，才把異怪的嫌疑加在白銀鈴和一一這兩人身上？如果掌握了那樣的情報，應該可以更早排除你想踢掉的人。我不明白等待足足十六年的意義何在。此時此地，回答我理由，就是我接這委託的條件。」

源覺露出狐疑的表情，看著湊好一會兒。怎麼想都不覺得這個條件和驅除異怪有關。他猜不出湊的真意。

——就開這種條件？

做為交換條件，這樣合理嗎？又或者他以為問到的內容，足以做為威脅的材料才會這麼提議？源覺暗自竊笑。這個情報的來源，並沒有不可告人的祕密，只是有些令人費解。

「當然，如果我從十六年前就握有那份證據，就會更早揭穿事實。然而，我們也是最近才知道這件事。」

「是從什麼管道知道的？」

「有一天我收到一個信封，不知道寄件人是誰。至於信封裡裝了什麼，不用說你也知道吧？」

「就是那佐證畫面嗎？為什麼事到如今才會送到你那裡？」

「雖然不知道是總本山還是御蔭神道的人，但多半是以前暗藏著資料的人，受不了良心的責備，才送來給我吧。」

湊一直看著他，似乎難以估量真假，但源覺問心無愧，堂堂正正地承接他的視線。

「我還有一個問題，當初是誰提議由總本山與御蔭神道監護兩個嬰兒？」

「是當時擔任吞人館異怪討伐負責人的遼遠師兄與御蔭神道的巫女。說到這個，遼遠師兄也來了啊。」

湊似乎想通了什麼，點了幾次頭，輕鬆地回答：

「這個委託，我接了。」

源覺一臉茫然好一會兒。

他雖然講出交換條件，但沒料到湊會這麼乾脆地答應。

「是……是嗎？你願意接嗎？」

沒想到他這麼明白事理，看來得稍微對他改觀——源覺現實地有了這樣的念頭。

沙耶與勇氣啞口無言了好一會兒。看到他們的表情，源覺暗自竊笑。

「老……老師，怎麼這樣……這跟之前講的不一樣。」

「再怎麼說也太豈有此理了啦。」

好不容易說出話，是對湊的責難。但湊完全不當一回事，還很刻意地用小指挖著耳朵。

當源覺想談細節而開口，不巧他的行動電話響了。由於響起的是吩咐過除了緊急狀況以外都不要打的號碼，他不能不理會。

「失陪一下。」

源覺為了接電話而離席，走遠幾步去接聽。

「和尚講行動電話，不管幾時看到都覺得很突兀、很好笑啊。」

源覺不理會湊的調侃，講了好一會兒電話。起初因為談事情談到一半被打斷而不高興的表情，漸漸轉為嚴峻。

講完電話回來，看見湊也一樣在滑手機。和源覺不同的是，他並不是講電話，似乎是在看郵件之類的東西。

「講完了嗎？」

湊的目光從手機畫面上抬起，源覺以憂鬱的表情點點頭。

「對，講完了。可是在這之前，讓我再去一次廁所。」

湊狐疑了一會兒，但把位置告訴他後，源覺就匆匆走向廁所去了。

過一會兒源覺回來，看見湊一副等得不耐煩的模樣坐在沙發上。兩個小孩還是很不滿。

第二話
「交」

「好久啊。是大號嗎？」
「這種事情不重要。倒是你，現在可說什麼也要你接下委託了。」
沙耶站起來正要抗議，湊揮手制止。
「是剛才的電話嗎？」
「又有人異怪化了。」
源覺以憂鬱的表情告知。
「災情又擴大啦？」
「不只是擴大。這次是連沒上前線的人，沒接近過有耶無耶的人，也變成異怪了。」
幾秒鐘的沉默後，湊只短短回了一聲：「是嗎？」
「驅除有耶無耶是當務之急。為此，要殺了白銀鈴。可以吧？」
源覺以強而有力的語氣斷定。
「在這之前，我多了個問題要問。」
「回答不了的問題我可不回答。你已經答應過要接委託了。」
源覺起了戒心，但湊問出的問題，比先前更奇妙。
「你最後一次看到白銀鈴和一一時，有沒有哪一個人，或是兩個人都顯得身體不舒服？有沒有像是得了感冒之類的症狀？」

「這有什麼關連？」

「就是有，我才問你。」

湊答得簡單，源覺只好翻找起記憶。

「——健不健康我是不知道，但看起來似乎跟平常沒什麼兩樣。」

「啊……雖然不知道能不能當參考，但小鈴在車上像是在發燒，還連連咳嗽。也許是因為待在很冷的小屋裡，才會感冒生病吧。」

「果然是這樣啊。」

也不知道他想通了什麼，湊聽完沙耶的話，好幾次深深點頭。

「老師，你看出什麼了嗎？」

從湊答應接源覺的委託以來，沙耶就一直以不信任的表情看著湊，但這時還是忍不住詢問。

「差不多都知道了。」

源覺等不及似地一再施壓：

「好，你的問題我都回答了。憑你的本事，應該想得出一、兩個殺死那丫頭的方法吧？還是說，到了現在你才想反悔？」

「我是不需要反悔啦。」

「你是想說那邊那兩個小孩反對，所以你辦不到？」

「不是，只是想到，等你聽了我接下來要說的話，想反悔的人大概會是你。」
這個人每次都盡是說些很奇妙的話。
「不可能吧？到底是要聽到什麼，我才會想反悔？」
「很簡單，就是異怪化的機制。」
這個答案不出源覺所料，所以他覺得，自己不可能取消委託。
「果然是這樣啊。但就算明白了機制，如果不阻止那個異怪，就什麼都不用談。如果說，有耶無耶和人類的異怪化無關，也許不必立刻殺了白銀鈴，但你能夠證明兩者無關嗎？」
「怎麼可能？豈止有關，而且是密切相關，那是異怪化現象的元凶。」
「那就更非得殺了那丫頭不可。還是你要說，有別的手段可以驅除有耶無耶？」
「有的話我早說了。打倒有耶無耶的手段只有一種，就是讓母體死亡。」
源覺想不通。條件如此齊全，為什麼自己會想取消委託呢？湊的自信到底來自哪裡？
每次跟這個人說話，莫名地就是會落入一種無底沼澤的感覺。
「我也聽不太懂老師想說的話。雖然你們願意打消主意、不殺小鈴，我是很高興啦。」
「好好說清楚。」
勇氣與沙耶也想不通。原來只要待在這個人身邊，每次都會遇到這種情形嘛。源覺對兩個小孩產生了少許親近感。

「只要知道異怪化的真相，就沒有什麼不可思議的。所謂的異怪化是什麼？你們的注意力，都放到眼前那顯眼的變化上，迷失了本質。」

湊的講解開始了。

18

「想得單純點，就是因為眼前出現異怪這種誇張的東西，你們才會看不見。」

「這話怎麼說？」

「也對，你們就從這一連串事件中去除掉異怪來想想看。這樣一來，就會漸漸看清問題的本質。」

「去除掉異怪？異怪就是問題所在，把根本去除掉要做什麼？」

「那是問題的根本，但不是現象的根本。異怪化只不過是結果。」

所有人狐疑的表情未變。疑問豈止未能得到解決，反而更加深了。

「我們照順序整理吧。情報一：異怪化現象的發病，是從有耶無耶誕生第二天開始。異怪化的人，全都是上前線戰鬥過的人、接近過有耶無耶的人——條件本來是這樣。」

湊豎起一根手指。

「情報二：本來以為發病的原因是曾跟有耶無耶接觸，但翌日，異怪化的情形蔓延到了待在臨時本部翹起二郎腿旁觀的人身上。」

第二根手指豎起，接著是第三根。

「情報三：可是，就像那邊那個山猿女和小和尚，靠近了有耶無耶也不會異怪化的人，就是不會異怪化。不是有句話說笨蛋不會感冒嗎？就跟這個差不多。」

源覺低聲驚呼：

「難道……是傳染病？」

「正是，這異怪化現象就是一種傳染病。」

所有人一陣譁然。

「可是請等一下，我從來沒聽說過這種異怪化的傳染病。」

沙耶替所有人代言。詢問的眼神、不信任、不安，種種視線集於湊一身。

「別急著下結論，多把『異怪』這個字眼擱在旁邊一會兒。好，我問一個問題，傳染病是一種什麼樣的現象？」

好一陣子都沒有人回答，於是沙耶戰戰兢兢、沒有自信地回答：

「那是病毒造成的疾病。」

「沒錯，不愧是只有會念書這個優點的小丫頭。」

先前勇氣沒趣地看著湊囂張，這時忽然提出一個單純的疑問。

「跟感冒不一樣嗎？」

「對喔，我也聽說過，感冒和傳染病不一樣。」

沙耶沒有自信地答話。

「這知識錯了吧。兩者都是病毒造成的疾病。無論感冒還是傳染病，都只是為了實務上的方便，才分在不同類別，但從原因在於病毒這點看來都一樣。」

「傳染病的講解已經夠了。所以那又怎樣？要我們先把異怪化現象擱在一邊？你的說明沒有一個地方能夠讓人信服。」

源覺跺著腳，毫不掩飾不耐煩。

「別急，事情有所謂的順序。追根究柢來說，你們知道病毒性的疾病，是怎麼樣的現象嗎？」

「就跟你說不用再講了，趕快進入正題行不行？」

「請等一下。」

令人意外的是，打斷源覺說話的人是沙耶。

「老師，難道說……不，怎麼可能？可是，考慮有耶無耶出生的來龍去脈，只想得到這個可能性。」

「沒錯。考慮到有耶無耶出生的來龍去脈，就有著充分的可能性。妳來說給這些遲鈍的傢伙聽聽。」

沙耶深呼吸一口氣，開始說起。

「我不知道能不能解釋清楚就是了。病毒是透過在生物體內繁殖，引發疾病。」

「就說那又怎麼樣？」

「病毒沒有繁殖能力。由於繁殖方法特殊，甚至有人定義病毒不屬於生物。病毒的繁殖方式，就是改寫寄生的宿主身上的基因。」

講解到這裡，勇氣也發現了。

「改寫基因？難道是，異怪的……」

「沒錯。有病毒擁有異怪的基因。就是這玩意兒混進人體內，把細胞的基因全都轉換成異怪基因。然後異怪病毒繁殖多了，就再感染別的人。本來異怪不會染上感冒或傳染病，不，也許會染上，但異怪是不同次元的生物，所以過往不會傳播到人類身上。以前不會。」

「但現在有人以人為的方式，生下了極接近人類的異怪，就是有耶無耶。」

沙耶接過話繼續講解。

「有耶無耶染上的病毒性疾病，多半是從母體傳染過去的。」

「所以你才問起一一和白銀鈴的健康狀況嗎？」

源覺總算想通了。

「白銀鈴感染到的病毒，經由胎兒進行了繁殖。本來病毒會在胎兒體內複製自己的基因，卻遇到了無法轉換的基因。」

「也就是異怪的基因吧。」

「沒錯。這樣搞出來的，就是有著異怪基因的病毒。雖然還沒確定傳染途徑，但如果是空氣傳染，應該已經蔓延到更大的範圍了吧。我想多半是飛沫傳染。」

不耐煩的跺腳聲變得更大聲了。

「我就問你那又怎麼樣？因為病毒異怪化？基因？這對驅除異怪能派上什麼用場？要知道就連現在，異怪說不定都在增加啊！」

源覺終於耗光了耐性似地大吼。沙耶安撫他說：

「如果原因是病毒，也許就有辦法因應。是這樣吧，老師？」

「對。妳應該已經發現對抗異怪化病毒的方法了吧？」

沙耶以開朗的表情點點頭。

「我終於明白老師這番話的意思了。要是殺了小鈴，就會失去對抗手段。」

有對抗手段——光是這句話，就足以讓人無法貿然插嘴。

「有感染病毒仍然不發病的案例，那就是對病毒有抗體的情形。老師認為有耶無耶有著異怪化病毒的抗體。只要從異怪的血液製作出血清，注射到感染者身上，說不定就能治好異怪化的情形。」

沙耶一字一句強調地說著。

「我們非得活捉有耶無耶不可，因此不能殺死母體。源覺大人，不可以殺死小鈴，不可以殺死有耶無耶。」

源覺皺起眉頭，顯得十分懊惱，但這也只維持了片刻。

「不對，不可以。」

「為什麼？」

或許正因為才剛看到希望，沙耶以不像她作風的強烈語氣逼問源覺。

「我只等二十四小時。要在這段時間內，活捉有耶無耶和白銀鈴。我不能等更久。要是再等下去，異怪化有可能擴散到不可收拾的地步。沒有人可以保證病毒不會蔓延到居民聚集的地方。」

「也對，一旦病毒擴散到人口密集地帶，那就完了。異怪化會發生爆發性的感染，會有幾百、幾千人因為病毒而變成異怪。不只是疾病會蔓延。症狀嚴重的，還會攻擊人，然後造成進一步的感染。到時候，數日就會像殭屍一樣不斷增加。這是史上最可怕的瘟疫。二十四小時，大概就是極限了吧。」

贊同的是湊。沙耶無話可答，勇氣也是一樣。

「過了二十四小時後，就要驅除有耶無耶。包含白銀鈴在內的所有感染者，都要死。」

源覺緊繃的嘴唇，透露出堅定的決心。

「我也不例外。」

源覺捲起袖子，讓所有人看到他的手臂。看到他手臂上的皮膚所產生的異變，每個人都說不出話來。

「說來見笑，剛才我就是在廁所裡檢查自己的身體。我很看好你們。因為我也不希望自己的壽命只剩二十四小時。」

源覺以平靜的表情這麼說完，就將長了鱗片的皮膚收回袖子裡。

源覺走進做為隔離設施的法堂。裡頭有一群跪坐著念佛的僧侶。他們一心一意念佛的模樣，讓人心生一股感動。

其中一人注意到源覺，嚇了一跳。震驚的情緒轉眼間就傳播開來，所有人都嚇了一跳，中斷了念佛。

「蠢材，怎麼可以因為這點小事就亂了心。」

眾人在源覺的喝斥催促下，再度開始念佛。

源覺看眾人恢復念佛後，自己也找個適當的地方跪坐下來。他捲起袖子，看見範圍變得更大的鱗片狀皮膚。

「剩下一天是吧？」

源覺微微後悔，心想是不是該把期限訂成兩天或三天，但仍開始和所有人一起念佛。

「那個老頭子也真是的，都感染了還吼個沒完沒了，口水亂噴，要是傳染到我，他要怎麼賠？」

「大叔，你這樣說太過分了啦。」

「就是啊。雖然途中有過一些爭執，但源覺大人最後的模樣很了不起。」

沙耶說得堅毅，湊卻對她露出由衷傻眼的表情。

「妳怎麼自己決定那就是最後了？妳一定暗自覺得，反正那個老狐狸已經完蛋了吧？」

「我……我怎麼可能這麼想呢？我說最後，這個，呃，是指那個場合的最後。」

沙耶吞吞吐吐地說出相當牽強的理由，但顯然欠缺說服力。

「好了，就因為那個臭老頭苛扣期限，我們只剩下一天。該做的事情做一做，趕快結束這件事。在這之前我要先問清楚，在我們當中，有沒有人有感冒症狀？咳嗽和發燒可是異怪化的早期症狀啊。」

三人你看看我、我看看你，互相確認沒有人有異狀。

「看來是沒問題。啊，我忘了問重要的事。喂，一一，你竟然和發燒的丫頭上床喔？真是個敗類。」

沙耶與勇氣一臉訝異。一不在這裡。總本山和御蔭神道的人，都把一當成和鈴與有耶無耶一樣重要的對象，正搜尋他的下落，但現況是仍未發現。

聽到從二樓走下來的腳步聲時，兩個小孩面面相覷，立刻看向樓梯。

「鈴紅紅的臉，很嫵媚。」

一從樓梯走下來，為難地搔了搔頭，但回答得神態自若。

「你身為人是個敗類，卻是男人的楷模啊，我可要對你另眼相看了。」

沙耶一臉吃驚地聽著兩人的談話

「原來一待在這種地方？」

她這才總算恢復到問得出問題的平常心。

「一一被逮住，又會有很多麻煩。這裡應該會是他們的盲點吧。」

第二話「交」

雖然覺得一待在這裡的事情被揭穿時，麻煩會更多，但看在湊眼裡，這些事情多半不重要吧。

「那你一直待在這裡嗎？我們什麼都沒聽說耶？」

「大叔也真不夠意思。」

即使口氣多少帶有責備，但湊只是呵欠連連，讓人覺得追究下去是自己傻。

「所以啦，你們的命運再過二十四小時就會決定。感覺怎麼樣？」

「都走到這一步，再也不能回頭了。我有心理準備。」

一的態度始終直率。

「請……請交給我們，我們一定會拯救小鈴。」

「船都上了，我會奉陪到最後。」

「謝謝你們。」

一隨時都很沉靜。

「一跟我同年對吧？可是一點都不像，很沉穩又很成熟。」

「又長得高。」

勇氣拿他和自己的身高比，顯得很羨慕。

「你們白痴啊？愈是這種傢伙，小時候愈是一點都不遮掩傻樣的流鼻水小子。」

「老師，這再怎麼說也太不可能了。」

「你太愛嫉妒了，很難看耶。大叔你要不要學學人家？」

兩人你一言、我一語地責怪湊，但顯然是白費力氣。

——流鼻水小子嗎？

湊的一句話，喚醒了一在兩年前的記憶。

20

「小一，以前你是個流鼻水的小子，那麼可愛。為什麼都變得不可愛了？」

那是在他滿十四歲的那年夏天，和鈴隔了兩個月後見面的一天。一見面，鈴就說了這麼幾句話，讓他當場愣住。

「妳到底在講幾時的事情？」

「嗯～大概一週前？」

「嗯嗯？」

一本來想回答說哪有可能，但鈴狐疑地看著他好一會兒。

她像貓頭目在打量新來的貓，在一身旁繞著圈走。

第二話
「交」

「怎麼了？」

就算詢問，她也只像貓似地低吼，不好好回話。只有眼神中的敵意，似乎隨著時間不斷增加。

「今天的鈴很奇怪耶。不，應該說今天也很奇怪？」

「別說那麼多，你安靜。」

鈴從正面湊近去看一的臉，表情產生劇烈變化。她手按住嘴，連連發抖。

「不會吧，難道說……」

她像知道了萬萬不能知道的世界祕密，害怕得發抖，踉蹌地退開幾步。

「等一下。」

鈴急忙從包包裡拿出尺和麥克筆，背貼到電線桿上，幫自己的身高做記號。

「那是公有財產，不可以亂畫啦。」

「沒關係，這個部分的錢是我付的稅金。」

「鈴，妳根本沒繳過稅吧？」

「人家有付消費稅！」

看到一冰冷的眼神，鈴不由得退縮。

「晚點我會擦掉啦。這是水性筆，不要緊。你來這邊站一下。」

鈴拉著一的手，讓他背貼著電線桿站好，然後把尺按在他頭頂。她就像看著不共戴天的仇敵，凝視著尺與電線桿的接觸點。尺的高度停在比鈴的身高記號略高一些的位置。

「唔唔唔。」

即使用力想往下壓，尺的位置還是沒什麼改變。

「這樣會痛，尺會陷進腦袋。」

但鈴仍不死心，屢次用尺在他頭頂又打又壓，但全都徒勞無功。

「為什麼，為什麼啦！之前明明是我比較高！」

從第一次見面，就一直是鈴比較高。

「我現在正是成長期，這是當然的吧？」

「也不想想自己是小一，太囂張了！」

她半遷怒地又拿尺敲打一的頭頂。

「喂，就說會痛，別打了，再打下去會腫起來的。」

「你打算靠腫包讓自己更高吧！怎麼這麼奸詐！」

一一直默默承受鈴的胡來，但鈴沒完沒了的，讓他終於忍不下去了。

「給我差不多一點！」

他吼著抓住鈴拿尺的手。鈴嚇了一跳的臉，幾乎貼在鼻子前面。

「小一……我手腕好痛。」

「啊，嗯，對不起。」
鈴輕撫他臉頰的呼吸讓他癢癢的，一立刻放開手，拉開距離。
「你生氣了？」
「生氣的是妳吧？」
「之前你明明比我矮。明明像個笨蛋一樣，嘴開開、流鼻水、挖鼻孔，就像個笨蛋的典範。」
與其說她生氣，不如說是在鬧彆扭。
「就說是成長期了。我還會再長高，妳死心吧。」
「長高？長多高？」
「誰知道。我還想再高個十公分。」
鈴大概是在推估長高的一，視線往上拉，但有點拉太高了。
「妳怎麼啦？這樣仰望電線桿。」
「嗯，未免太大隻了。」
一抬頭看看電線桿，垂下雙肩嘆了一口氣。鈴到底當他會成長到多高？
「妳當我是怪物嗎？」
他只是開個玩笑。本來這個話題，應該只會讓鈴靦腆地笑一笑就結束。然而，一卻看見她發青的臉。

「咦，啊，我……我不是，這個意思。」

他從不曾聽過鈴說話這麼沙啞而害怕。

「喂，鈴，妳是怎麼……」

看到鈴眼眶含淚，一總算恍然大悟。自己的疏忽，讓他想狠狠揍自己一頓。

「妳都知道了？」

即使問了，鈴也只搖頭。

不知是從何時開始，總本山內部有不少人稱一為怪物。有些人是背地裡說，但也有人當面謾罵。

——你是異怪生下來的小孩。

今天早上準備出門之際，也才剛被一個叫葉念的同輩年輕僧侶說過。

但如果一是異怪，總本山的僧侶們早就發現了。他覺得可笑之餘，卻也有些部分難以否定。因為一和其他年輕僧侶不同，行動明顯受到限制，說是受到監視管理也不為過。

「妳該不會……怕我？」

他以沙啞的聲音詢問。即使如此，至今他還能以健全的心態過活，都是因為有鈴在。和她在一起，就可以擺脫總本山的糾葛。

要是連鈴都離自己而去呢？一想到這裡，就產生一種腳下地面崩落、直墜入深淵的錯覺。他的膝蓋幾乎要癱軟。

「不是！」

在千鈞一髮之際握住一的手、留住一的，是鈴。她那快哭的臉近在眼前。

「小一才不是什麼怪物。我最清楚了。小一有我陪著。」

她說話的聲音在發抖，眼神卻強而有力。

「而我有小一陪著。」

握緊的手加重力道。

「所以我們不會有事的。」

一陣風吹過，辮子散了開來。鈴只是溫和地微笑，她的臉上已經沒有半點先前那樣的害怕與脆弱。

一用力回握她的手，鈴一如往常地笑了。她像男孩子一樣無憂無慮的笑容，此時卻莫名地很有女人味，讓一的胸中一陣昂揚。

「和好完畢。欸，我們今天要去哪呢？」

鈴牽著一的手就要往前走。一也正要踏出腳步，忽然想到一個疑問。

——所以我們不會有事的。

為什麼剛才鈴說了「我們」？

疏忽也該有個限度。

鈴的生活也比其他巫女受到更多限制。鈴不可能沒發現，她的境遇和一相似。

一這才知道「我們」兩字的真正含意。

「好，我們走吧。」

鈴牽著他的手，臉上的笑容是那麼陽光，找不到半點陰鬱。

「怎麼啦？」

一始終不動，讓鈴不可思議地回過頭。

「沒有，我是想，我實在比不上妳。」

「這是什麼話？身高贏了就這樣諷刺我嗎？」

說著，她使出一記下段踢。還挺痛的。

21

「發現有耶無耶了。」

偵察隊傳回報告，距離上次接觸後已過了整整一天以上。時刻已是傍晚，再過個一小時，山上就會籠罩在夜色中。配備探照燈的直升機立刻趕往現場。

孝元看了看錶。從源覺提出時間限制以來，已經過了二十個小時以上。要說能不能逮住異怪，實在很難說。對付這個別說活捉，連討伐起來都那麼棘手的對象，真有辦法在剩下不到四小時內活捉嗎？

在臨時總部待命的僧兵、神官與巫女都忙了起來。一旦這次被異怪跑掉，就沒有下次了。如果不捉住異怪，就非得處決異怪化的同伴不可。搞不好，連他們自己也會異怪化。

他們的行動帶著不尋常的厲氣，讓孝元的表情五味雜陳。他明白為什麼要拚命。為了同伴，也為了自己，相信他們會死命去做。

然而，總覺得這當中也包含了隨時都有可能爆發的敏感情緒。

——但願一切可以順利解決。

準備完畢的人三三兩兩前往現場。從這稍稍欠缺統一感的行動，也隱約透露了以感情優先的情況。

孝元反覆想著同一個念頭。

——但願一切可以順利解決。

22

多達四十人以上包圍了有耶無耶。

有耶無耶站在原地不動，倒也像是對四面八方都有人擋住去路的狀況有些不知所措。

包圍網當中，也有沙耶與勇氣的身影。

異怪緩緩動了。感覺得出包圍異怪的人們，都不約而同地緊張起來。

他們會緊張還有另一個理由。在有耶無耶的行進方向上，再往前進個幾百公尺就有民宅，有人群密集的聚落，有平民。

不能讓異怪繼續前進。一旦讓異怪進到聚落，異怪的存在就會眾所周知，再也不可能隱瞞。而且，一旦異怪化的病毒蔓延，就會造成史上最可怕的瘟疫。

異怪的肉體漸漸變化。短短四肢的肌肉隆起、質量增大，長度也漸漸增加。短短幾十秒內，四肢已經變得會讓人聯想到敏捷的草食獸。

「還有這樣的本事嗎……」

「不要怕，只是靠外表唬人，虛張聲勢而已。不要退縮，大家上！」

一名神官發出接近呼喊的號令。

異怪是否真的只是靠外表唬人，短短幾秒內就見分曉。

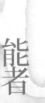

忽然間塵土飛揚，有耶無耶的身影同時消失。能夠追著少許殘像抬頭看向上空的，究竟有幾人呢？

將近十公尺的高處，出現有耶無耶巨大的身軀。它連助跑都沒有，幾乎垂直跳到這個高度，超出了人類的常識範圍。

但既然是跳向正上方，遲早會落回同樣的地方。想到這一點的人，都重新握好自己的武器，等異怪再度落地。

可是，這個預測被「喀」一聲敲打樹木的清脆聲響背叛了。是異怪宛如羚羊般的腳，在高聳樹幹上一蹬的聲響。有耶無耶的身體跳得更高，這次是飛向斜上方。

蹬樹幹的喀喀聲以輕快的節奏響起，讓人聯想到擊打太鼓邊緣的聲響。每當樹木大幅度彎折，就有無數枝葉落下。有耶無耶蹬著樹幹前進的模樣，如同在空中奔跑。

「快追，別讓異怪給跑了！」

每個人都臉色發白，因為害怕又讓異怪跑掉的恐懼，再加上有耶無耶行進的方向上有著民宅。

靈力、法力、火與冰，化為各種形式攻向有耶無耶，但幾乎所有攻擊都落空；即使命中，看起來也不像起了什麼作用。

但有耶無耶因為與攻擊完全無關的理由落地，是蹬到的樹幹折斷了。由於太想跳得更高，細的樹幹承受不住異怪起跳的一蹬。

身體一旦落下就很難拉回，異怪呈椎狀旋轉著下墜，多次撞到樹木彈跳，最後摔在地上。

但狀況完全不容樂觀。

「不妙啊，雜木林就到這裡了。」

勇氣順著落地的有耶無耶看去，當場臉色發青。因為雜木林外數十公尺的前方，看得見民宅的屋頂。

所有人追上有耶無耶後，都以絕不讓它通過的決心攔住去路。再過去的樹木都比較細小，承受不了剛才異怪所展現的那種特技。

有耶無耶似乎從落地的衝擊中恢復過來，總算站起身。它同時間仍受到各式各樣法力與靈力的攻擊，但攻擊可說完全沒有生效的跡象。即使用錫杖或長槍攻擊，也只是被它柔軟如橡皮似的表皮彈開。

有耶無耶和先前一樣跳起，但立刻失去平衡，回到地面上。雖然並未倒地，但它著地後仍踉蹌了幾步。因有耶無耶的跳躍而折斷的樹木，晚了一步落到地面。

「有勝算啊。」

即使看似完全無效，不過有耶無耶不朝有人的方向行進，就證明了它厭惡受到攻擊。而樹木太細，承受不住跳躍的力道，這點有耶無耶剛才證明過了。

「此時此地一旦讓異怪給跑了，就會一發不可收拾。一定要活捉它！」

一人大聲呼喊。眾人呼應這聲呼喊，發出充滿力道的吶喊。大氣震動，樹葉灑落。

有耶無耶呆站在原地好一會兒。本以為它會往等於是特地開出的退路，亦即林子深處折返，但接下來發生的事，完全出乎眾人意料之外。

有耶無耶的下腹部裂開，有東西從裡頭擠了出來——是人的頭部。

「小鈴！」

第一個行動的是沙耶，她直線跑向有耶無耶。眾人不約而同，都將力量用於支援沙耶。法力與靈力，有如雨點般灑落在有耶無耶身上。但為了避免擊中外露的鈴，他們並不直接瞄準身體，而是為了牽制瞄準有耶無耶的腳下。

沙耶跑過去的途中，有耶無耶腹部的裂縫還在擴大，鈴的身體繼續滑落。從頭部到肩膀、胸部，終於整個上半身都像鞠躬似的，從腹部的裂口被擠出來。

沙耶的手只差一點就要碰到時，有耶無耶採取了行動。它四肢用力，高高躍起。這一跳之下，鈴的身體一口氣被排出，從幾公尺的高處落下。

沙耶用整個身體去承接少女的身體。雖說鈴個子小，但從數公尺的高處落下，衝擊仍然相當大，去接的沙耶也不可能不受傷。而保護她們的，就是勇氣的法力與其他僧侶的力量。

沙耶抱住鈴，一起倒在地面上。她感受到鈴的脈搏跳動後，露出由衷放下心來的表情。

但狀況並非就此好轉。往上跳躍的有耶無耶，跳出了之前兩倍以上的高度。

「難道是特意減輕重量？」

有耶無耶小了一圈，以先前無法比擬的輕快身手在樹林間跳躍。比較細的樹幹也只是被壓得大幅度彎曲，並未折斷，撐住了變輕的有耶無耶。

「糟糕！」

有耶無耶輕巧地越向遙遠的上空，已經去到雜木林外，前往民宅。

「絕對別讓它給跑了。」

每個人都臉色蒼白地追去，但異怪始終在難以瞄準的遙遠上方樹林間跳躍。

連擅用弓箭的沙耶都很難瞄準目標。不僅因為異怪動作敏捷，還有許多枝葉形成了障礙。

追不上——

正當每個人都快要死心時，有耶無耶忽然在空中失去平衡，摔了下來。只見有耶無耶帶上無數枝葉，連緩衝的姿勢都做不到，直往下摔。

看到落在地面上的有耶無耶，每個人都瞪大眼睛。那是一團萎縮的肉塊，皮膚表層失去張力，轉眼間迅速融解。肉塊毫無活動的跡象，儘管一度舉起已經有一半以上崩解、狀似腳的尖端，但隨即又落下，再也不動了。

「難道……死了？」

形體也逐漸消失。無論四肢與軀幹，都沉入水中似地溶化，有如泡沫般消失無蹤。最後剩下的只有溼潤的地面，以及些許凹陷。

「死了？消失了？這是為什麼……」

勇氣以驚覺的表情，看著受沙耶照護的鈴。

「難道是因為離開了母體？」

譁然的聲浪如漣漪般擴散開來。

「難道說是自滅了？」

「血清會怎麼樣？異怪化的那些人呢？」

本來異怪消滅應該是可喜的事，但這次狀況不同，所有人臉上浮現的都是絕望。

正當每個人都低頭不語，茫然若失……

「好啦，讓開讓開。叫你讓開沒聽見嗎？」

此時傳來唯一一個人悠哉的說話聲。

分開人牆走進來的是湊。

「啊啊，死得真乾淨。竟然拋棄母體逃走，真不愧是才受精幾天的小鬼，膚淺得可以。就算個子大，腦子裡裝的東西比小孩子還不如啊。」

眼冒殺氣的視線投注在湊身上。對於異怪的殺意，原原本本地轉移到湊身上。

「……大叔，現在你就別鬧了。」

湊默默拿出一張紙。

「這是鈴的驗血結果，才剛出爐。很遺憾，鈴沒有抗體。」

湊抱起癱軟在一旁的鈴。

「你要去哪裡？」

「去醫院。」

「可是老師，你剛剛不是才說過小鈴沒有抗體嗎？」

「對，我說過，但原來有個盲點。」

「說不定檢驗結果是錯的，對吧？」

一名巫女求救似地說道。從湊的行動考量，怎麼想都覺得他是要寄望在這一線希望上。但看到鈴癱軟下垂的手臂，巫女發出絕望的驚呼。

「不行，她已經發病了。」

每個人正要懷抱的希望，一瞬間就遭到粉碎。

「果然已經沒救了。」

「大家都只能變成異怪了嗎？」

「我不是說過這丫頭沒有抗體嗎？身上可能有抗體的是別的傢伙。」

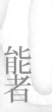

第二話「交」

你不就只是又要胡亂讓人懷抱希望，然後又毀去嗎——所有人心中都有了這樣的警戒。
最重要的是，湊說有抗體的是別人，那為什麼抱起鈴？
湊抱著鈴，走到勇氣身前。
「驗血確定了她沒有抗體，但是有一個跡象很奇怪，ｈＣＧ值是正常的兩倍以上。」
湊讓鈴躺在勇氣面前，也就是先前有耶無耶消失的地面上。
「勇氣，憑你的本事，應該感覺得出來吧？」
勇氣狐疑地看著湊與鈴，表情漸漸轉變為吃驚。
「難道說，天啊……為什麼？」
「果然是這樣啊。這樣一來，也許就做得出血清。」
每個人都倒抽一口氣。
「到底怎麼了？」
一名僧侶迫不及待地詢問。
「鈴姊的肚子裡，有那麼一點點異怪的妖氣。」
勇氣的說話聲，顯得不太有自信。
「到底是為什麼？有耶無耶不是才剛死掉嗎？」
「不是有耶無耶。」

湊靜靜地開口。

「一一和白銀鈴的小孩，是雙胞胎。」

23

當葉念醒來，看見了一的身影。

葉念睡在隔成單人房的隔離病房。各式各樣的醫療器具擺在病床四周。

一從病房外，透過一面很大的玻璃窗看著他。

「你來幹嘛？來笑我的嗎？」

葉念不高興地說完，立刻察覺喉嚨發出的是人類的嗓音。他坐起上身，看了看自己的手。儘管還剩下一些痕跡，但眼前所見是人類的手。這隻手接著碰了碰自己的臉，摸不到往前突出的鼻子和嘴。

「床邊有個小鏡子。」

葉念懷著喜悅與揮之不去的不安摸著全身各處，就聽到一從玻璃窗外說話。

鏡中照出自己那張眼熟的臉。儘管在額頭的一部分以及頸子上還微微可以看到鱗片的痕跡，但也就只有這樣。

「不用擔心，那些遲早也會消失。」

「我治好了嗎？」

「對，所有人都會治好。」

葉念鬆了一口很長很長的氣。

一慢慢地說起發生的事情：人類感染異怪的病毒。有可能透過有耶無耶來製作血清，但有耶無耶死了。相對的，鈴的肚子裡還有另一個小孩，這個小孩有血清。

事情說完，一就要離開。

「一！」

一正要從病房前走遠時，葉念反射性地叫住他。

「我還記得一點自己變成異怪時的情形。記得大家都用帶著敵意和恐懼的眼神看著我、疏遠我，差點殺了我。」

一什麼也沒說，默默聽著。

「老實說，我很害怕、很不安、很寂寞。」

葉念緩緩地喃喃說道。

「你之前也一直都是這樣的心情吧？」

一的嘴微微笑開。葉念覺得這是第一次看到他笑。

「我受到的待遇沒那麼過分。」

真的是這樣嗎？即使程度不同，但一被眾人疏遠長達十年以上。葉念總覺得，這比暫時受到過分的對待更為嚴重。

「對不起。」

葉念只說完這句話，就鬧彆扭似地撇開臉。

24

「你又立下功勞啦。」

孝元大為讚賞，但湊一臉沒趣地聽著。

「畢竟母體沒有抗體啊。坦白說，機率是一半一半。那是一場賭博。」

「這就是你拿手的範圍了吧？啊，不對，正好相反。原來真的很危險啊。」

孝元到了現在才大冒冷汗。被湊瞪了一眼，又讓他冒出更多冷汗。

「真沒想到會是雙胞胎，真虧你看出來了。」

「驗血報告上的ｈＣＧ值偏高。換作是尋常醫師，看到這樣的數值，會說是雙胞胎的可能性很高。但這次畢竟是異怪，我無法確定是不是雙胞胎。而且即使是雙胞胎，也不能說一定就會有抗體。」

「原來有這麼多環節都是走鋼索。」

「所以我不是說這是一場賭博嗎？」

「不過真虧你拿得到血液的樣本。」

「是被鈴破壞的車子裡留下的。當時羊水都破了，而且車子翻覆時她可能也受了傷吧，所以有血跡。這也是碰運氣，是賭博啊。」

「你已經要走啦？大家應該很想對你道謝。」

「我對這種東西沒興趣，不如多給我一些酬勞。」

「反正你還不是會拿去賭博輸光。」

「不會，現在我覺得我贏得了。」

「這很難說吧。」

湊輕輕揮揮手走出法堂。沒有人把湊放在心上，也有人根本沒注意到他。他們只是互相為了自己的平安，以及彼此的平安歡喜。

在這之中，只有兩人——白銀鈴與一一——對他深深一鞠躬。即使已經看不見湊的身影，兩人仍未抬起頭。

25

有耶無耶的案子解決了。照理說，一切都應該圓滿收場，回歸原本的日常，然而理彩子有一件事一直掛在心上。

異怪案件解決，白銀鈴得救了，但沙耶仍然無精打采，總掛著像是鑽牛角尖的表情。

「這次也是湊的功勞呢，又會讓他得意起來，不過這也沒辦法。白銀鈴的處置也還不壞，相信妳也放心了吧？」

吃早餐時，理彩子若無其事地提起。她本來只是想稍稍試探。

沙耶臉色鐵青地撇開目光，也沒發現筷子從手中滑落，從餐桌掉到腳下。只見她用什麼都沒拿的手，像演默劇似地想去夾餐桌上的菜。

「就……就……就是說啊，老老老老師真有一套。」

她方寸大亂的程度，讓問話的理彩子反而吃了一驚。

「不，不說這些了，今天的菜好好吃喔，理彩姊姊真有妳的。對……對了，下次請傳授我烹餌的祕訣。」

她扯開話題的方式實在太露骨，反而令人同情起來。

「妳被下了什麼封口令？」

沙耶冷汗流得像瀑布一樣，亂飄的目光絕不看向理彩子。

「姊……姊姊在說什麼？我根本聽不……」

「沙耶，看著我的眼睛說話。」

亂飄的目光飄了好一會兒，這才不甘願地窺向理彩子。沙耶看起來很能幹，但這種時候會表現出少許撒嬌的舉止，其實令理彩子很高興。

「妳在隱瞞什麼？說出來。」

但她還是硬起心腸問了。沙耶以快要哭的表情，慢慢地說起。

理彩子逼問的眼神逐漸改為震驚，嘴張大了合不攏，好一會兒忘記說話。

沙耶所說的內容，就是如此破天荒。

【第三話】
裡

第三話
「裡」

0

——幾天前。

孝元的車一停下，一就同時下車跑了過去。

鈴出事了，感覺得到異怪的氣息。雖然聽見孝元叫住他的聲音，但他不能停下來。要是現在停下來，就會發生無可挽回的事，會後悔一輩子。

他以全速跑了長達好幾公里的距離。

經過徹底鍛鍊的雙腳肌肉痙攣，幾乎要扯斷。肺發出哀號，全身發紫，告知身體缺氧。

但一仍然繼續奔跑，以快得不能再快的速度折返。

接著，一看見了。

看見翻覆的廂型車、破掉的車窗、裂開的柏油路、一名倒地的神官，以及——

「遊戲捉迷藏！」（註5）

鈴緊緊抱著一個奇妙的肉塊說笑。湊、沙耶以及勇氣，都以驚訝或傻眼的表情看著這樣的她。

當一不知所措地想著這到底是什麼情形時，鈴發現了他。

「小一！」

她抱著奇妙的肉塊跑過來，然後把雙手抱著的這個奇妙物體遞向一。

「認孩子！」

她開口第一句話就這麼說。

「咦？啊？認孩子？」

一莫名其妙地乾瞪著眼，湊就一臉得意的表情，用像是外國人會有的動作聳聳肩膀說：

「所以我不是說了嗎？一般的男人，是一種到了緊要關頭就會怕事的生物。他們才不想背起責任或養育費之類的種種麻煩。」

「我認為老師對一般男性的認知有點偏頗。」

「大叔說的一般男性，不就是會每天跑附近風化區的那些人嗎？」

一還搞不清楚狀況。鈴遞到自己眼前的這個狀似異怪的東西，到底是什麼？不，其實腦海中有個角落，勉強隱約浮現出了像是正確答案的念頭，但坦白說他很想不去正視。

從這種角度來看，也許湊所說的「到了緊要關頭就會不想負責任」這句話沒錯。

註5：ＮＨＫ教育頻道播出的嬰幼兒節目名稱。

「這個，這是……」

「不但才剛出生，而且受精才一天，是你們的寶寶。」

在震驚的同時，也萌生「啊啊，果然如此」的念頭。

鈴笑咪咪地維持把異怪遞向一的姿勢。原以為是肉塊，但仔細一看，就發現有著像是嬰兒的形狀。隨著時間經過，似乎正在漸漸成形。

「是鈴生下來的？」

「嗯。」

她自豪地點點頭。

「身體還好嗎？會不會難受？生產應該很辛苦吧？」

「我沒事，順順地就出來了。懷胎的辛苦和生產的痛苦都省了，我真幸運。」

一看著鈴手上的物體，仍然處在混亂之中。他重新看看四周，看見全毀的車輛與柏油路。

「好像是出生時胡鬧了一下，直到剛剛都還在發脾氣。」

這種事情可以用一句「發脾氣」交代過去嗎？

「這孩子需要吃奶嗎？我大概是不會有母乳。」

比起需不需要吃奶，更想問嘴在哪裡。

「我說啊，鈴……」

「我知道！」

鈴僵硬的表情正對過來。

「這孩子不正常，不受世人歡迎，這些我都知道。可是，如果我們不祝福這孩子的誕生，還有誰會祝福？」

一總算發現鈴並不是天真地在嬉鬧。為什麼自己就是沒能發現她在強顏歡笑？比任何人都更加不安的，不就是她嗎？

一握緊拳頭，往自己頭上打了一拳。聲響格外清脆，視野一瞬間歪斜。

「小一，你腦袋還好嗎？在各種層面上。」

「不用擔心，是我蠢了。」

「我看不是過去式，是剛剛才變蠢的吧？剛剛那一下，絕對打壞了很多腦細胞。」

一雙手伸向鈴。

「妳一直抱著，一定很重吧。」

僵硬的表情轉為瞪大眼睛，再漸漸變成滿面笑容。鈴珍而重之地將手上的物體遞給一。接過來一抱，就發現比想像中還重。

「很可愛吧？不愧是我們的孩子。」

鈴說了這麼一句令人不知道怎麼回答的話。坦白說，噁心的感覺還是出乎意料強烈。

「妳說錯了，是噁心吧？」

湊沒神經地插嘴。

「嗯，是有一點。」

勇氣也委婉贊同。

「你們也知道，就是那樣啊。大家不是常說嗎？剛出生的嬰兒皺巴巴的，像猴子一樣嗎？」

沙耶也不否認噁心這點。

「那麼，你們以後打算怎麼辦？」

湊讓這沒完沒了的對話告個段落，推動談話進行。

「我要養大這孩子。」

鈴明白宣告，看了一一眼。她那燦爛的笑容，一點也不懷疑一也是同樣的心情。一最近發現，自己對鈴的笑容很沒有抵抗力。儘管現在還是不知所措的成分居多，但一仍然重重點頭，表明自己的決心跟她一樣。

「啊啊，我想問的不是你們的決心。我想問的是……」

「那什麼怪物！」

突然聽到一聲幾近哀號的呼喊。是先前暈過去的神官醒來，將恐懼的視線朝向一抱在手上的物體。

大聲喧譁的神官，忽然翻白眼倒下。站在他背後的湊，手上拿著一塊拳頭大的石頭。

「說穿了就是這麼回事，你們的小孩不受歡迎。人類與人類之間生下的異怪，你們覺得總本山和御蔭神道會容許這種異物存在嗎？他們都是習於隱匿事實的組織，照常理推想，應該會殺了這個嬰兒，最輕也是找個地方幽禁，當成實驗動物看待。」

鈴的笑容，這時第一次轉為僵硬。

「為什麼孩子就非得被殺掉不可？明明這麼可愛！」

一無法坦然覺得可愛，但提起這件事只會讓事情更複雜，所以先不吭聲。

「理由一，首先就不可愛。」

湊卻一開始就撂下這種會平添風波的話語。湊不理會鈴受到打擊，彎起第二根手指。

「理由二，這會變成總本山和御蔭神道的醜聞。他們非得盡快消滅出生的異怪不可，這也是為了隱匿事實。」

由於才剛有過切身體認，一與鈴都臉色發青。

「對方是在警界也很吃得開的組織。你們帶著這麼醒目的嬰兒，有辦法躲一輩子嗎？這小孩是異怪，總本山和御蔭神道的人來到一定距離內就會感應到。如果不是運氣好得不得了，要躲到底是很難的。」

遠方有車聲接近。

「有一群察覺異狀的傢伙回來啦。」
「老師，事情會怎麼樣？」
「就是小孩會被總本山或御蔭神道給殺了吧。」
湊說得不當一回事。
所有人都啞口無言時，湊說出了更破天荒的話。
「所以我們就選擇一個最簡單的方法，來避免這種事情發生吧。」
湊露出壞心眼的笑容。
「在那些傢伙動手前，我們先殺了嬰兒。」

0.5

湊面對愣住的四人，露出怎麼看都離善良很遙遠的笑容。
「就是偽裝嬰兒的死。舞台愈大愈好。就讓我們完美地騙過總本山和御蔭神道雙方吧。哈哈，一想到可以看到他們哭喊的嘴臉，就覺得痛快啊。」
說著，他十分開心。

「他人好好喔。」

「不，怎麼看都是想利用我們的壞人吧。」

「說壞人就太不好意思了啦，折衷算是有點賊的人吧。」

「別這樣，當我壞人就好。」

車聲更近了。

「那麼，我們要怎麼偽裝嬰兒的死？」

「也對。眼前就請這個嬰兒當一下壞人吧。」

湊扔出行動電話。

「詳細情形晚點再說。在麻煩的傢伙跑來之前，你們兩個先躲到山上再說。」

車輛陸續停下，總本山與御蔭神道的人下了車。

「各位都還好嗎？」

待在最前面一輛車上的是孝元。

「你們來得可真慢。」

「在窄路上掉頭，費了不少功夫。早知道會這樣，就應該用跑的過來了。」

「倒車開不就好了？」

孝元沒想到還有這一招，露出大開眼界的表情，但隨即換回嚴峻的表情。

「不，我想說的不是這個。到底發生什麼……」

湊針對從雙親身上都繼承了隱性基因時的異怪發生條件做了簡單說明。

「我也沒想到這個盲點。」

一名僧侶忿忿地說：「那兩人果然是異怪。」

「就跟你說不是了。比方說，有極少數人會因為基因異常，生來就有尾巴，也就是所謂的返祖現象。基因上就是留有這樣的資訊。但你們會覺得自己是猴子嗎？不會吧？就算還留著這些基因資訊，只要這些資訊沒在活動，就和不存在一樣。所以，他們兩個無疑是人類。」

「但沒能指出小孩變成異怪可能性的，不就是你嗎？」

「要不是有一群笨蛋，把他們逼得陷入危機，這個問題應該不會這麼快發生。搞不好雙方會各自找到別的對象，異怪基因一輩子都沉睡著。」

「不，這種事不重要。那麼，異怪消失到哪去了？」

湊指向道路旁的山崖。

「跑去深山裡了。」

鈴與一在森林中奔跑。懷裡有著蠢蠢欲動的肉塊，身後有沙耶與勇氣跟著。

這樣真的好嗎？雖然不是沒有這樣的疑問，但骰子已經擲出。

——要演好這場大戲，有兩件事很重要。

他們想起湊所說的計畫。

——一是情報。我要隨時掌握總本山和御蔭神道雙方的動向。想來總本山和御蔭神道應該會結成共同戰線。但說是聯手，也是只有表面裝裝樣子的合作。實際上是爾虞我詐，互相隱瞞對自己不利的消息，伺機掌握彼此的弱點。

湊看著沙耶與勇氣，還補上這麼幾句話。

——所以你們兩個，要各自隨時站在最前線。沙耶要演得像是一心想救出鈴，挺身上前線。

沙耶表示她不是開玩笑，是真的擔心，於是湊笑著回答她。

——這樣最好，我沒指望妳的演技。如果妳真的擔心，那再好不過。勇氣，你去找源覺。會先偷跑展開行動的是源覺。想也知道，那個老狐狸只想著利用這次亂子往上爬。我們就好好利用一下他的野心吧。

湊說還想要異怪的情報，所以讓兩名小孩同行。他說要在正式調查開始前，先盡可能查出異怪的能力。

結果得知異怪對法力與靈力有著高得反常的抗性。智能也很高，能夠聽懂鈴說的話，並付諸實行。

「也就是說，大叔是要讓這嬰兒異怪假裝逃走，最後再裝死？」

勇氣整理出要點。

「我才不要默不吭聲地逃走。那些傢伙想殺了我可愛的寶寶，我饒不了他們。」

鈴邊跑邊揮舞拳頭生氣。她實在太生氣，差點讓懷裡的嬰兒摔下去。

「而且我覺得要躲到底會有困難。」

勇氣也贊同。

『那就還手。我交給妳的手機要一直接通。沙耶和勇氣覺得有些什麼危險，就故意講解出來告訴他們。就算對法力與靈力的抗性再高，還是有危險。』

「小鈴，我們要不要用穩健一點的方法？」

「不要！我要給追來的傢伙一點顏色瞧瞧。」

壞事討論得愈來愈熱烈，想阻止的只有沙耶一個。但她制止的聲音，就像用光溜溜的輪胎開到冰上才踩下煞車，完全沒有作用。

「妳要怎麼辦？總不能和嬰兒一起行動吧，也不能躲到嬰兒裡面去。」

「好主意。採用！」

煞車不但沒能停下車，反而讓車打轉，使情勢更加混沌。

於是，這場為了偽裝有耶無耶死亡而進行的作戰計畫，一步步完成了。

3.5

「右側第二個結界比較脆弱。」

勇氣說的話，應該已經透過一直接通的行動電話讓鈴聽到了。

現在勇氣喃喃說的話，是告知包圍有耶無耶的僧侶們所展開的結界中，哪裡是破綻，而有耶無耶果然朝著這破綻開始移動。

——這小孩好聰明啊。

待在體內的鈴下指示，有耶無耶照做。有耶無耶出生還不到一天，就展現出了高度的智能。

即使混血異怪對靈力與法力的抗性再高，要和這麼多人硬拚，還是太危險了。

所以總本山與御蔭神道的動向，分別由勇氣與沙耶暗中告知。

「你自言自語太多。」

一名僧侶一面戰鬥，一面對勇氣說道。

「啊，呃……」

「是為了排遣恐懼吧？不要逞強。」

勇氣尚未想出藉口，僧侶就自己幫他找了答案。

僧侶在擔心他。一想到這裡，勇氣就因為罪惡感而有些痛心。

——連我都這樣了，沙耶大姊姊一定更愧疚吧。

果然，晚了一步出現的御蔭神道人馬當中，沙耶的表情僵硬到不自然的地步，不過這樣倒也像是拚了命想救出朋友。

沙耶射出的許多枝箭，都被吸進有耶無耶體內。

——她射箭還挺不留情的。

搞不好她對這個胡來的計畫，其實有點生氣。

11.5

第一個晚上結束了。

鈴伴裝被異怪納入體內，指揮有耶無耶行動，漂亮地打退了追兵。這固然也是因為異怪的抗性很強，但同時是沙耶與勇氣精準分析狀況，有效讓攻擊擴散的結果。

湊從沙耶與勇氣口中聽到這個消息，顯得心滿意足。

「可是老師，既然這樣，只要報告我們驅除了異怪不就好了嗎？」

沙耶不太能信服之所以把事情鬧大的理由。她認為牽扯到愈多人，謊言就愈容易被拆穿。

「照常理來說是這樣，但這次的情形是例外。總本山和御蔭神道除了監視異怪，還會用同等的注意力監視彼此。他們會為了面子問題互相牽制，無法靈活行動。就結果而言，可乘之機會比面對少少幾個人時要多，很好控制。」

湊說得很有道理，但沙耶覺得這個想法含有大量湊的偏好。

到這一步都很順利，但後來發生了完全出乎他們意料之外的事。

那就是人類的異怪化。

20.5

跑來委託殺死白銀鈴的源覺回去後，湊對各個地方打了好幾通電話。

接下來半天，湊完全不行動。二十四小時的限制時間裡，湊幾乎都躺在沙發上度過。

期間，一一背著用電話叫來的鈴和有耶無耶，抵達了小屋。

「喔喔，嬰兒這麼大，背起來也很辛苦啊。會從嬰兒出生第二天就幫忙照顧的，大概也只有你了。」

湊說完這幾句話，又不吭聲了。

現在有許多人在山上找異怪，但相信沒有人會想到，他們竟然就躲在湊睡覺的小屋裡。

當一封郵件送到湊的行動電話，他才總算有所行動，小聲說了一句：

「其實，異怪化的病毒完全在我意料之外。」

湊這句話，讓所有人都陷入不安。

「怎……怎……怎麼辦……？」

沙耶對於欺騙周遭的人們覺得內疚，始終處於失去平常心的狀態。

「可是大叔說過可以用血清治好吧？既然這樣，馬上拜託鈴姊，讓人從嬰兒身上抽血不就好了嗎？理由要怎麼編造都行。例如說湊巧遇到異怪後打了一場，結果被異怪給跑了，但弄到了血，這樣就行啦。」

「是啊，勇氣好聰明！」

看到沙耶已經不是誇獎，而是拿自己當救命稻草，勇氣顯得十分受用，難得像個小孩子似地靦腆起來。

「應該不行。」

但湊很乾脆地否決。

沙耶定格在喜悅的表情，勇氣則是不高興起來。

「為什麼？」

「血清的事是騙人的。」

他說得若無其事。

「騙人的……」

「哪有可能這麼剛好？可能性是有，但應該趨近於零吧。而且就算有血清，把異怪的血打進人類的血管，帶來的副作用還比較可怕。」

「是不是果然不該相信這個人？」

鈴到了這個時候，才明白九条湊這個人的個性。

「但這個狀況對我們有利。這樣一來，就沒有必要偽裝嬰兒死亡。不，死亡劇碼還是要演，但不再有必要瞞著總本山和御蔭神道來養育嬰兒。」

「這話怎麼說？」

——無論什麼時候，始終都很冷靜。

「我們要引發奇蹟，這個奇蹟叫做原來孩子是雙胞胎。透過從鈴身上採到的血，暗示有雙胞胎的可能，然後照原訂計畫，偽裝殺了嬰兒。就在大家覺得已經拿不到血清而絕望的時候，戲劇性地揭曉其實孩子是雙胞胎。說成鈴的肚子裡還有一個孩子，這孩子身上有抗體，也就是救世主降臨了。」

在場每個人都心想，從來不曾覺得「救世主」這個字眼聽起來這麼假。

「可是老師，第一個嬰兒會因為面子問題被殺，第二個卻不會被殺，這是怎麼解釋？」

「因為狀況會改變。」

「第一個孩子，就像是總本山和御蔭神道的醜聞。剛才我也說過，是面子問題，它有也許能夠陷害對手的利用價值，異怪危不危險只是其次。但第二個孩子不一樣，多了血清這個附加價值。本來要殺第一個孩子，理由就已經不是很充分，那只是擺出驅邪的樣子。」

還剩下一個關鍵問題。

「可是異怪化要怎麼處理？」

「放著別管就好啦。」

湊說得若無其事。他的態度像是由衷覺得那不重要。

「也太不負責任了吧？」

連鈴也對湊的態度啞口無言。

「老師該不會真的這麼想吧？尤其勇氣還是小孩子。大人可以停在變成異怪的前一步，但憑勇氣的身體……」
沙耶的擔心更加高漲，說話嗓音都破音了。
「我不是說過，異怪化是病毒性的疾病嗎？剛才收到的郵件，已經證實那是弱毒性。也就是說——」
湊的下一句話，讓所有人都啞口無言。
「放著不管也會好。」

白銀鈴與一一離開總本山與御蔭神道，住到遠離人煙的靈山山腰。
總本山與御蔭神道之間，對於該如何處置兩人之間生下的異怪，議論了多日，最後在不殺死，但必須遠離人煙居住的條件下定案。
事態的發展，幾乎完全被湊料中。
「好了，有耶無耶，我們來說拜拜囉。」
鈴懷裡那個稱為有耶無耶的異怪，揮著小小的手。她身旁站著一，兩人身前站著沙耶與勇氣，一臉嫌麻煩表情的湊也被硬拉過來。

孝元自告奮勇擔任司機，負責送鈴與一到目的地。他從車上靜靜看著六人道別。

起初只是個肉塊的異怪，現在很接近嬰兒的形狀，也看得出哪裡是眼、鼻、口。

「好可愛！」

它長成了沙耶不用客套也說得出這句話的外貌。

「妳說錯了，是噁心吧？」

湊說得大剌剌，但被所有人無視。

「名字決定了嗎？」

勇氣的態度像是一半覺得好奇，一半覺得可愛。

「就叫有耶無耶吧？我們一直都叫這個名字，都有感情了。」

「也對，叫有耶無耶就行了吧。」

鈴與一的個性都很隨便。更正，是很不拘小節。

「真是個好名字。」

「我覺得不壞。」

一個人說正經的，另一人則出於客套表示贊同。

「喂，慢著，這麼草率沒關係嗎？而且有耶無耶算是名字嗎？」

只有湊提出異議。

「大叔竟然會說這種像是正經大人會說的話。」

「既然他們都接受，那不就好了嗎？而且最近取名也很自由。」

「而且漢字的讀法是對的，應該沒關係吧？不過這樣反而會考驗念的人素養夠不夠就是了。」（註6）

沙耶像是想到什麼美妙的事情，眼神發亮地拍著手。

「啊啊，也就是說，老師就是這孩子的命名之父吧？」

湊露出眾人前所未見的厭煩表情。他上次露出這麼厭煩的表情，已經是當初沙耶與勇氣找上他事務所的時候。

「別這樣，什麼命名之父，我想到就起雞皮疙瘩。而且有耶無耶算是死了，取一樣的名字會很不自然吧？」

湊說什麼也不想當命名之父，拚命擠出理由推託。

「咦~我不要有耶無耶不見。那，叫小U？」

註6：指近年日本流行為孩子取「閃亮名字（キラキラネーム）」的風潮。這種命名方式，不但使用的漢字本身奇特，讀音也不照常理。

「等等小鈴，這樣不是名字吧？耶耶怎麼樣？可不可愛？」

「如果是男的怎麼辦？耶無耶怎麼樣？一耶無耶聽起來就很強吧？」

「咦？很強？照勇氣的感覺會覺得很強？」

「可是，又不知道是男是女。」

鈴、沙耶與勇氣三人討論得十分開心，一在一旁幸福地瞇起眼睛，只有湊獨自不耐煩地跺腳。

「名字這種東西以後再取也行吧？車子在等你們，趕快走啦。」

「不用在意我，各位儘管好好道別。」

孝元在車上笑咪咪地說。

「你這臭和尚給我察言觀色一下。好啦，趕快決定名字。」

「那麼，如果是大叔，會取什麼名字？」

「既然是有耶無耶，叫『有(Yu)』就好了吧？就叫有。不管是男是女還是人妖，都可以用。」

「啊，這個好！」

勇氣彈響了手指。

「老師，這名字真棒！」

沙耶雙手一拍。

「好厲害，真的成了命名之父呢。這世上確實『有』這麼一個孩子。嗯，我覺得這名字很好。」

一開心地連連點頭說道。

「你從今天就叫做『有』。請多指教囉，小有。」

鈴眼神發亮，自豪地抱起自己的孩子。

「好啦，決定了就趕快走。」

看到四人賊笑，湊這才發現自己搞砸了。

「小有，這個人就是你的命名之父喔。」

看到湊露出由衷厭煩的表情，所有人都笑了。

「可是小有溶解的時候，我真的好擔心喔。」

沙耶說起了有耶無耶佯裝被打倒時的情形。

「就是啊。我也以為小有真的消失了呢。」

「太好了，小有。」

每次有人呼喚有，湊就露出不高興的表情。

「老師，當時小有發生了什麼情況？」

「不是真的溶解，只是鑽進地面而已。」

湊依然一臉沒趣，但還願意回話。看他的表情，似乎是認為被連問多次反而會更麻煩。

「可是就算待在地面下，異怪的妖氣還是會被感應到吧？」

「你們知不知道在場有多少人身上的異怪化病毒發作了？有耶無耶是接近人類的異怪，病毒感染者是接近異怪的人類。妖氣一片混沌。照理說，應該沒有任何一個人能夠精確感應到異怪的妖氣。」

「我倒是感應到了。」

「那麼，小有是怎麼回到小鈴——回到母親身上？也是從地面下嗎？」

「只是把母親的身體，搬到有耶無耶消失的地面上。要是有耶無耶貿然移動，被人感應出妖氣，一切就會白忙一場。把母親的身體搬到有耶無耶所在的位置還比較簡單，有耶無耶再趁接近時回去就好。之後，就算被感應出妖氣也無所謂，因為已經說成是有耶無耶的雙胞胎了。」

只有湊一個人一再叫有耶無耶這個名字。

「是喔，原來小有可以做出這麼聰明的行動喔。」

「我在山上時也覺得，小有好聰明。」

「是不是像我呢？」

鈴自豪地抬頭挺胸，一立刻回答不是。

「為什麼啦！」

湊從一步之外看著他們談笑，隨後轉身走遠。

「老師，你要去哪裡？」

「我跟人約好了。不只要顧小孩，連小孩跟小孩生的小孩也要顧，我受夠了。」

湊輕輕揮手，身影消失在往車站的方向。

終章

湊背靠在吞人館的玄關門上等待。

過一會兒，兩個人物現身。一人是男性，另一人是女性。

「嗨，我等你們很久啦。」

湊親熱地朝兩人說話。

「你為什麼找我們來這裡？」

「請問有什麼事嗎？」

兩名男女似乎對湊的態度感到不悅，以僵硬的聲調詢問。

「沒什麼大不了的。我是想來一段最後的解謎，你們只是獲選為觀眾。」

兩人不回答。但湊毫不介意沉默，繼續說道：

「其實呢，這次的混血異怪動亂，幾乎從頭到尾都是一場鬧劇。」

兩人還是不回答。女子只是眼睛微微睜大，男子的表情可說完全沒有改變。

「哎呀？你們可以更吃驚的。我倒是覺得站在你們兩個的立場，應該要驚訝或生氣才對。」

「繼續說。」

回應就只有男子簡單的一句話。

「也對。說是鬧劇，但病毒完全超出我的預料。不過這不是什麼大不了的問題，時間會解決，就只是這點程度的事，所以我反而拿來利用了，在鬧劇裡再加上鬧劇。」

回答還是只有沉默。

「好，我導演的這場鬧劇，有唯一一個人有可能看穿。不，說我就是為了讓這個人看穿才導演了這場鬧劇也不為過。不然我可以更低調、更小心地處理，沒有必要把事情鬧大，引發總本山與御蔭神道雙方的對立。我把事情鬧大的理由只有一個，就是想知道誰會看穿我導演的鬧劇。」

「就別說什麼鬧劇，說得更明白點如何？」

即使開口，男子仍舊寡言，只有威壓感加重了。

「別這麼不耐煩，我馬上說給你們聽。異怪化病毒，屬於接觸到空氣就會輕易消滅的病毒，感染力不高。但卻有那麼多人感染到了異怪化病毒。我想知道有誰會對病毒的感染速度產生疑問，結果不出所料，真有個呆呆的大人物，傻傻地跑來病毒蔓延的土地上。而且大型卡車裡，還偷偷裝載了傳染病的偵測系統、離心分離機、生物培養裝置之類的器材。不僅猜到原因是病毒，並且有備而來，這不像是總本山和御蔭神道的作風。」

湊對他們兩人說道。

「誰是無限令？說到這一步，連傻子也懂吧？」

有那麼一瞬間，兩名男女的表情有了反應。

「啊，還有一件重要的事。混血異怪身上，摻有大蛇和鬼族的基因。這是我的推測，不過大概猜中了吧。」

「那又怎麼樣？」

男子問。

「只查出鈴和一的異怪方父母，還不夠。」

「這話怎麼說？」

女子問。

「重點是他們的人類父母是誰。」

湊說到這裡，男子的表情首次轉為僵硬。

「我總覺得這次事件太巧了。他們兩人分隔兩地長大，卻發展到會生孩子的關係。我說啊，你們覺得誰能製造出這種情形？不，根本不用問你們。能夠辦到這種事的，只有他們兩個的監護人，也就是總本山的遼遠和御蔭神道的櫻子。一切都是你們的安排。」

兩名男女——遼遠與櫻子，狠狠瞪了湊一眼。

「還是應該稱你們為無限令？」

兩人沉默了好一會兒，隨後遼遠淺淺一笑，慢慢大聲鼓掌。

「了不起啊，九条湊老弟。真的很了不起。」

聽到遼遠出聲讚賞，似乎連櫻子也覺得意外，送出驚訝的視線。

「遼遠大人。」

「沒關係。這時候否認也沒有任何意義吧，他已經看穿了一切。零能者是吧？你真是個名副其實的人。沒有任何異能，但老練得很，不能信任，會動用近乎詐騙的手段，而且犀利得可怕。讓人不想跟你為敵，但也不想跟你站在同一邊。你就是這樣一個人。」

「我就當作是讚美收下了。」

湊恭敬地行禮。

「那你特地找我們出來，是為了指責我們的罪狀嗎？」

「你覺得我會做這麼麻煩的事嗎？我只是有問題想問你們。」

「我明白了。但在這之前，我可以先問一個問題嗎？那種感染力很低的病毒，本來應該不會蔓延到那個地步。」

湊只是默默一笑。

「果然啊，是你讓那種病毒蔓延的吧？因為你知道病毒的感染力低，而且病症可以自然痊癒。可是，你做這些事情，真的只是為了引出我嗎？」

言外之意，自然是指湊另有目的。

「讓病毒蔓延的理由有三個。第一，是為了引出無限令。」

湊在賊笑的嘴邊豎起一根手指。

「第二，混血異怪和母體的消耗比想像中嚴重，所以我要削減你們的戰力。」

接著又豎起一根。

「然後是最重要的第三點。一旦因為病毒而異怪化，應該多少會懂得被罵怪物的人是什麼心情。」

當第三根手指豎起，湊只有眼神不笑。

「為什麼容不得有耶無耶，卻容得了第二個嬰兒？理由很簡單，因為誰都有可能變成異怪，這種恐懼會緩和他們對一一、白銀鈴與異怪的指責。誰也不知道自己幾時會變成異怪，站到受指責的那一邊去。嬰兒是第二個，所以容許這嬰兒活下去——那些傢伙找出這樣的理由，但其實第一個還是第二個都沒有任何差別。我準備了一條可以逃避得冠冕堂皇的路，他們就只是逃向了這條路。」

「你以為祕密可以一直守下去嗎？」

「對，這種事很快就會洩漏出去，我不認為某個跟屁蟲可以一直瞞住她阿姨。只是就算洩漏出去，也只會洩漏到有耶無耶的行動是一場鬧劇為止，頂多只是我的惡名會傳得更廣。最關鍵的異怪化蔓延問題，真正的理由只有我知道。你們雖然也知道了，但你們有著比我更不想被別人知道的祕密，不用擔心你們說出去。」

也就是說，只有自己希望流出的情報會流出。湊做出了這樣的結論。

遼遠與櫻子好一會兒說不出話來。遼遠傻眼而痙攣的表情，轉變為笑容。

「哼，只為了救一個異怪嬰兒，竟然做到這種地步？而且這當中沒有人道可言，也沒有任何人情與正義，有的竟然只是好奇心。哼哼，哈哈哈哈。」

遼遠笑了好一會兒。

「坦白說，我從很久以前就極為肯定你。只要想想無限令的人物形象，你應該就知道為什麼吧？我是個學者型的人，因此我早就明白你的價值，同時也明白你是個危險人物，所以之前才會避免和你接觸。」

「你突然變得很多話啊。」

「我不就說我是學者型的人嗎？這種人就是滿心想著要把自己的想法說給別人聽。從這種角度來看，我跟你很接近。」

湊攤開雙手，吐吐舌頭，像是在說他一點也不想被相提並論。

「士道骸這個人，你可還記得？就是之前用異怪來詐騙的人。他其實是我的徒弟，不，應該說曾經是我的徒弟。從用不同的角度去對待異怪這一點而言，跟我們一樣。」

「我想知道的不是你的經歷啊，也差不多該讓我提問了。」

「我知道，你想問的是為什麼要趕著成事，對吧？」

湊沒趣地哼了一聲。

「沒錯。即使你們不把能逼得他們兩人走投無路的情報放給源覺，他們血氣方剛，遲早會搞上。只要等個三、四年，應該就看得到他們兩個那不管可不可愛的嬰兒出世吧。你們總不會說，是等不及要看到孫子吧？不，如果他們兩個當初就不交給總本山或御蔭神道扶養，應該可以避免更多風險。」

「背負交給總本山和御蔭神道看管的風險是值得的。你不也親眼目睹了嗎？」

櫻子一直不說話，這時似乎也看開了，終於開口。

「對法力和靈力有抗性的異怪嗎？我的確想過大概是這麼回事。但我最先提起的疑問，還沒得到你們的回答。」

「你其實知道的，不是嗎？」

「法力與靈力都不怕，大蛇和鬼族的混血異怪。一旦成功，多半會變成強得可怕的異怪吧。」

「但沒能達到計畫中的強度，終究還是敗在排除異怪的顯性基因這點。病毒固然也出乎意料，不過那只是小問題。」

聽遼遠這麼說，櫻子難受地表情一歪，但也只有短短一瞬間，隨即又換回正經的表情。

「你們為什麼這麼想製造出強大的異怪？」

湊一面側目瞄著櫻子，一面對遼遠詢問。

「時候來得早了。」

「時候？」

「復活的時候。」

遼遠將一個信封遞給湊。湊狐疑地看了一會兒，但遼遠始終不收手，於是湊心不甘情不願地接過。

「這是給你的委託書。我們要你打倒某個異怪。即使總本山和御蔭神道使盡全力也奈何不了這個對手。我們想要的，就是足以對抗這個異怪的強大力量。但混血異怪失敗了，你是我們的最後希望。」

湊看過資料後，表情完全變了。要說是笑容未免太僵硬，但要說是恐懼，兩邊嘴角又明顯上揚。

「即使你打倒過各式各樣的異怪，應該也沒碰過這麼強大的對手吧？不，即使找遍總本山和御蔭神道漫長的歷史，過去也不曾出現過如此強大的異怪。」

顫抖的手握得太用力，讓手上的資料被捏得皺巴巴。

「……神話中的怪物嗎？」

湊破音的聲調中，摻雜著些許喜色。

【閑話】
減

「還你。」

看著湊邊說邊堆到眼前的物體，孝元與理彩子好一會兒說不出話來。

堆在桌上的是鈔票。

「歡迎光……」

而且金額讓來服務的女服務生，話只說到一半就忍不住凝視桌面。周遭客人的談話聲漸漸變小，視線自然集中過來。

「是真鈔嗎？」

「怎麼可能？那種東西才不會堆出來給人看。」

「他們到底是什麼樣的人物？不但穿著打扮可疑，做的事情也可疑。」

原本氣氛和樂融融的店內，一瞬間籠罩在不安的空氣中。

眾人疑惑的眼神中，若無其事的只有湊，理彩子與孝元都感到坐立不安。

「等……等等，趕快收起來啦。這種東西不要就這樣放出來。」

理彩子趕緊想收拾，卻不小心碰翻杯子，趕忙趁飲料流向鈔票堆之前，用溼紙巾形成屏障。

「漂浮冰淇淋汽水一杯。妳也太慌了吧？」

「任誰都會慌的。」

孝元也幫忙擦拭。

「先前的委託費有這麼高？」

「是有一定程度，但沒這麼多。而且根據勇氣的消息，他隔天就全都拿去賭博，輸光了。」

那麼，眼前這些錢是打哪來的？愈想愈是神祕。

「我話先說在前頭，這些可是真鈔。你們看。」

湊拿起一疊鈔票，讓鈔票快速翻動，福澤諭吉的臉不斷顯現。

「這可以搞翻頁連環圖啊。來畫點什麼吧。」

湊拿起店裡供客人填寫意見單的原子筆，理彩子立刻從他手上搶走筆。

「別這樣，又不是小孩子。」

理彩子順手拿起一疊鈔票，用銀行行員般熟練的動作清點。她有一種想要找出紕漏似的惡劣評論家會有的眼神，還隨機抽出幾張鈔票，時而朝向光源察看，時而折起確認，時而檢查觸感。

但幾分鐘後，她也放棄似地說：

「有浮水印，雷射標籤和隱藏字也都有……是真鈔。」

但理彩子似乎仍無法放棄是偽鈔的可能性，用疑惑的眼神看著這疊鈔票。

「妳處理錢很拿手啊。是每天都在家數鈔票嗎？」

「怎麼可能！」

「這麼急著否認，反而可疑啊。」

湊邊喝著女服務生端來的漂浮冰淇淋汽水邊說，口氣始終一如往常。

「為防萬一，我一開始先問清楚。」

「剛才妳明明也問了一大堆吧？」

「為防萬一，我一開始先問清楚！這筆錢應該是正當的吧？我不是懷疑你，但應該不是什麼偷來的錢吧？不是不可告人的錢吧？是不違反道德的錢吧？」

「剛剛檢查是不是偽鈔檢查了老半天的，是哪來的哪個人啊？」

「因為事有蹊蹺啊。湊竟然會還錢。」

「我也有些時候會有錢的。」

「雖然你有錢這點也很怪，但你竟然會這樣乖乖還錢，絕對有蹊蹺。換作是平常的你，絕對會賴帳。湊，你腦袋還好嗎？神智清醒嗎？是不是發燒了？」

理彩子說個不停，最後甚至把手放到湊的額頭上。

「理彩子要我賴帳，我該怎麼辦？」

「不不不，我當然要你還錢。可是之前我沒借你這麼多，這是怎麼回事？」

「這個月借的份，加上上上個月，還有更早一個月，還有四個月前的也算在內。其他還有去年年底和十一月也借了吧。還有……」

理彩子聽湊說起借錢的紀錄聽了好一會兒，在大約講到一年份時打斷他質問：

「你每個月都跟他借錢？而且你每個月都借錢給他？你每個月都賴帳？而且你每個月都被他賴帳還借錢給他？」

理彩子不敢領教的眼神，平等地看向兩個男人。

「怎麼可能？我不會每個月借錢給他。」

孝元否認，讓理彩子稍稍鬆一口氣。

「一次借給他，他很快就會用完，所以想也知道每個月要分成兩次借啊。」

孝元說得像是自己立了什麼功勞，理彩子則以看著不同生物似的眼神看著他。

「雖然短少了一點，但我本來沒想到能要回來，所以非常感恩。」

孝元對金額掌握得清清楚楚。

「這樣一來，很多事情就一筆勾消了吧。來，別客氣，收下吧。」

不知不覺間，短少的部分被湊說得像是沒這回事，但還錢總比不還錢要好，孝元笑咪咪地伸手要去接這一大堆鈔票。

正好在這時候，外頭傳來警笛聲。窗外的道路上，好幾輛警車以高速開過。不知不覺間，店內變得鴉雀無聲。即使警笛的聲音消失，仍然一片安靜，客人們的視線也自然集中到某張桌上。

孝元趕緊縮手，彷彿一開始就只是要拿起眼前的杯子，但喝光濃縮咖啡時卻噎到了。

「湊，你果然……」

理彩子努力遮住大筆鈔票。

「現在還來得及，偷偷拿去還吧。只要不讓對方發現，偷偷還回去，就不會有事的。不然就說是撿到的，應該可以拿到一部分謝禮。對了，就這麼做吧。千萬別做壞事。」

假裝是撿到的而去討謝禮，就不是壞事嗎？看來理彩子也相當欠缺冷靜。

「喂，妳為什麼認定這筆錢有問題？」

這時咖啡館的門鈴響了。看到走進店裡的人物，所有人都睜大眼睛。

兩名警察站在門口。

「很抱歉驚動各位。站前發生了搶案，要請各位市民協助辦案。」

店內一瞬間譁然。

一名警察和立刻出來應對的咖啡館負責人說話，另一人則環顧店內，發現了桌上那堆說什麼也會看到的鈔票。

警察慢慢地、一步一步走向湊等三人所坐的這桌。隨著警察走近，理彩子與孝元的表情也愈來愈痙攣。

只有湊一個人悠哉地啜飲漂浮冰淇淋汽水。

「我想請三位協助辦案，請問方便嗎？」

警察在放著大堆鈔票的桌前停下腳步，看了看三人的臉後，視線投注在桌上。

「我剛才也說過，站前發生了搶案。」

警察說的一字一句，在店內聽起來格外宏亮。

「真可怕，雖然跟我無關。」

湊回答得很悠哉。

「不對，不會無關。」

警察露出犀利的目光，手指向桌上的大堆鈔票。

理彩子的視線掃過四面八方，確定沒有退路。孝元已經把所有東西都收拾好，以便隨時可以拔腿就跑。

「不可以貿然將高額現金，暴露在眾目睽睽之下。現在這社會，什麼情形都有可能發生。請把鈔票收好，不要讓旁人看到。」

警察說完這些話，笑咪咪地微微點頭，就要回去。

「咦？就這樣？」

「是的，有什麼問題嗎？」

旁人吞著口水觀望。

閑話「減」

「你剛剛說發生搶案。」

「是啊，站前的珠寶店，白天就遭人搶劫。搶匪現在還帶著珠寶逃走，請各位小心。」

兩名警察離開之後，所有人不約而同地大大鬆一口氣。

「啊啊，嚇我一跳。」

孝元露出由衷放心下來的表情。

「都要怪那個警察說話含糊不清。既然是珠寶搶匪，從一開始就這麼說啊。害我白著急了一場。」

湊在對面很睏似地打著呵欠。

「好啦，趕快收下。桌子這麼小，多不方便。」

「嗯……嗯，是這樣沒錯……」

事到如今，孝元開始遲疑著該不該收下眼前這一大筆錢。他總是無法確信，這筆錢到底可不可以乖乖收下。

「可以問你一個問題嗎？你為什麼拿現鈔來？帶這麼一大筆錢走路，應該很辛苦吧？看是要用銀行匯款，還是開支票，我覺得應該有比較輕鬆的方法。」

雖然湊擺出若無其事的態度，但對於眼前這筆錢的來源，始終四兩撥千斤地閃躲問題。

他帶著一大筆錢走來的理由，也許會成為明白這筆錢來源的線索。

「啊啊，那簡單。因為我今天才剛拿到，所以就直接帶過來了。」

「今天，才剛拿到，是嗎？」

但謎底豈止並未揭曉，反而更加神祕。

「是……是賭博賭贏了嗎？」

理彩子頂著非常不自然的若無其事笑容，不氣餒地繼續試探。就只剩下這個猜測還有可能。

「是啊，我之前輸了一大筆錢。連我都不能不反省。賭博我暫時不碰了。」

理彩子與孝元又開始竊竊私語。

「這個人真的是湊嗎？會不會是長得一模一樣的另一個人？」

「我也愈來愈懷疑了。」

湊不耐煩地開始用一疊鈔票拍打桌子。

「趕快收下啦。不然是怎樣？借的錢不用還了嗎？」

孝元愈想愈覺得，就算湊借錢不還也無所謂了，總比為了錢的來源而左思右想要輕鬆許多。

「湊，差不多可以告訴我們了吧？你怎麼會有這麼大一筆錢？」

「是委託費啦。」

「這次的委託費，你不是已經賭博輸光了嗎？」

「那點小錢當然三兩下就輸光啦。不是我從總本山和御蔭神道那邊拿到的委託費。這是洗刷鈴異怪嫌疑的委託報酬，也就是沙耶給我的報酬。」

兩人好一陣子說不出話。

「等一下，她不可能有這麼多錢。」

說得精確一點，沙耶繼承的遺產金額不少，但現在還處在由理彩子保管的狀態。

「的確，從她手上拿到的錢，金額沒多少。我也不是魔鬼，當然說不出要她把所有錢給我這種話。我只收了四分之三就放過她。」

「我覺得這樣還是不太行吧？」

連孝元也無法支持。

「再怎麼不成材好歹是個巫女，倒貼我的錢，說不定有保佑。」

「她是不折不扣的巫女。還有，那也不是倒貼。」

「我想凡事總要嘗試看看，所以去賭賠率很高的賽馬，結果漂亮地中了。我賭賽馬賭了很多年，還是第一次看到十萬圓的馬券。她也是眼睛都睜圓了。」

想到姪女幾乎將所有的錢都交給他，卻被他拿去這樣用，就覺得愈來愈頭痛。

「所以才有這麼多錢嗎？」

「不，我想再中一筆大的，又拿一半的錢去賭，結果很乾脆地落空了。御蔭神道的保佑還真小氣。」

無論是理彩子還是孝元，都合不攏張大的嘴。

「也就是說，本來有這些的兩倍？」

「不對，不是兩倍。我想再把剩下的全部，也就是一開始的一半，都拿去賭高賠率的馬，但是沙耶哭著求我不要這樣，所以我只拿了一半的一半去賭，結果只是再度證明御蔭神道的保佑很小氣。」

「也就是說，這裡的錢，只有一開始的四分之一？」

「畢竟我也是個大人，想把跟她收的報酬，也就是她所有錢的四分之三還給她。結果她說她的不用了，要我去把以前欠的錢還一還，一直不答應我。勇氣還揮舞不動明王金剛索追著我跑，要我把沙耶的錢和之前欠的錢全都還清。小孩子就是任性，真讓人傷腦筋。」

「哪一邊才是大人啊。」

「不動明王金剛索，應該只會對真正的壞人有反應才對。」

孝元看湊的眼神，有了少許改變。

「正好有討債的人來，我就先還了再說，結果又少了一半。」

兩人的心情變得更陰鬱。

「所以這一大筆錢，其實只是八分之一……」

「我從以前就在想，你這個人腦子有點問題吧？」

閑話
「減」

沙耶好不容易才守住這八分之一的一大筆錢，孝元決定以莊嚴肅穆的心情收下。

「凡事總有個商量，這筆錢要不要交給我保管？我覺得不但可以加倍，甚至可以加到十倍還你。」

聞言，孝元趕緊收起所有鈔票。

大筆現鈔的來源揭曉了，總算可以喘口氣。

孝元和理彩子對看了一眼，死心似地嘆氣。

「那麼，今天就散會吧？」

「也對，這次我們就乖乖告退。」

看到兩人收拾東西準備回去，湊難得吃了一驚。

「喂喂，平常你們都會硬塞委託給我，今天是怎麼啦？」

「現在的湊應該不會接委託吧？因為你又不缺錢。」

「今天我們就乖乖告退。」

湊的指尖敲著桌子。

「別說了，拿出來吧。」

孝元與理彩子，以不同於先前的意思，對看了一眼。

「今天是吹什麼風？」

孝元把正要收起來的資料攤開在桌上。

「你真的要接？」

理彩子也半信半疑地拿出資料。

湊對兩邊的整疊資料迅速過目，拿出了其中幾張。

「這些你全都打算接？」

「不是，這些都是同一件事。」

湊所接的案件，每一件都看似毫無關連。要說到共通點，也就只有土地相近。

「對方是超特級的異怪，在各地總會留下這麼點影響。」

即使湊的口中說出名稱，兩人還是無法相信，怎麼想都覺得一定是有什麼誤會。

湊離開之後，理彩子與孝元的心情仍是五味雜陳。

「你覺得是真的嗎？」

「很難說吧。一時間沒有辦法相信就是了。」

「我們是不是又被湊給耍了……啊啊！」

理彩子忍不住叫出聲音。

「那一大筆錢搞得我都忘了，虧我本來想追究有耶無耶的事！」

「怎麼了嗎？」

「你聽我說，有耶無耶的案子，全是他一手策劃的。」

理彩子把從沙耶口中聽到的真相，擇要說了出來。

「原來如此，我本來就覺得有點奇怪，真沒想到真相是這樣。」

「那傢伙早就知道會露餡兒吧，所以才把一大筆錢堆在桌上，吸引我們的注意。我們上當了……」

「也就是事情被他弄得有耶無耶了。」

孝元心滿意足地點點頭。

「告訴你，這雙關說得一點也不好笑。」

理彩子冷漠地嗆了回去。

後記

各位讀者好，我是葉山透。

之前大多都是用這樣的方式開頭，但後來發現這是葉山透的書，所以當然是由葉山透來寫後記。也就是說，過去都是用無意義的一句話賺了一行的篇幅。

好的，這個話題不重要，進行下一個話題吧。

以下內容會洩漏劇情，所以還沒看完本文的讀者請先折回，拜託各位了。

好了，尚未閱讀本文的讀者是否都折回了呢？還留下來的，應該都已經看完本書了吧？那邊那位讀者，您真的沒問題吧？如果以為再看幾行沒關係，馬上就會被嚴重洩漏劇情喔。

好，本集是莫名成為慣例的「偶數集長篇」。（這也小小洩漏了劇情。）

這次也完全是無意間寫成了長篇。寫完〈劣〉，總覺得少了點什麼，最後多寫了一些，結果就來不及回頭，甚至開始懷疑自己是不是無意間就會想寫成長篇。

對了，各位經常感冒嗎？會不會得流行性感冒？（洩漏劇情之二。）

我從小就一直和流行性感冒無緣。雖然和常人一樣會得感冒，但記憶中不曾感染過流行性感冒，一直被灌輸停課等於這天可以出去玩的觀念。

長大之後仍然與流感無緣，也就輕忽大意，覺得自己可能是不會得流行性感冒的體質，漱口和洗手都很馬虎。

有一年冬天，某一集截稿後的隔天，我跑去人潮擁擠的鬧區取材，結果就感染了病毒回來。人生第一次罹患流行性感冒，好痛苦、好難受、好煎熬。我心想再也不要經歷這樣的事情了，然後躺到床上時，忽然察覺到真相。

真相就是，以往我之所以並未罹患流行性感冒，不是因為身體強健，而是因為職業性質，讓我經常把自己關在家裡；是因為人潮多的週末，我一直會極力避免出門；學生時代則是因為都在鄉下，和擁擠的人潮沒什麼緣。

而且由於才剛截稿，身體狀況很差，在作者校正階段結束前，壓力更是達到頂峰，免疫力趨近於零，這樣不染上流行性感冒反而奇怪。

我飽受發燒之苦，內心堅定地發誓再也不去人潮擁擠的地方，然後腦子裡的角落忽然想到，責編不僅未得過流感，甚至不曾聽說過他感冒。

沒有別的意思喔。

重要通知。

由田倉トヲル老師所畫的《0能者》漫畫版第三集，也將在本月推出（註7）。內容是〈鏖〉篇的起頭，繼第一、二集之後，第三集也畫成非常出色的漫畫。如果各位讀者能夠一併閱讀，那就是萬幸了。

最後是謝辭。

常承蒙關照的土肥先生，這次也謝謝您多方支援。負責插畫的 kyo 老師，沙耶和鈴的插畫也很漂亮，但展覽用的海報上那個很陽光的湊更是迷人。責編高林先生，還請您一定要保持健朗。

最後要感謝各位讀者，非常謝謝大家繼續拿起第八集閱讀。如果這一集能夠符合您的期待，我會很開心。

那麼我們第九集再會吧。

二〇一四年七月　葉山透

註7：後記提及的均為日本出版資訊。

國家圖書館出版品預行編目資料

0 能者九条湊 / 葉山透作 ; 邱鍾仁譯 . -- 初版 . -- 臺北市 : 臺灣角川 , 2020.11-
冊 ; 公分 . -- (Kadokawa light literature)(角川輕 . 文學)
譯自 : 0 能者ミナト
ISBN 978-986-524-094-3(第 8 冊 : 平裝)

861.57 109014543

輕文學 Light Literature

0能者九条湊 8

原著名＊0能者ミナト〈8〉

作　　者＊葉山透
插　　畫＊kyo
譯　　者＊邱鍾仁

2020年11月25日　初版第1刷發行

發 行 人＊岩崎剛人
總 編 輯＊呂慧君
副 主 編＊溫佩蓉
美術設計＊邱靖婷
印　　務＊李明修（主任）、張加恩（主任）、張凱棋

台灣角川

發 行 所＊台灣角川股份有限公司
地　　址＊105台北市光復北路11巷44號5樓
電　　話＊（02）2747-2433
傳　　真＊（02）2747-2558
網　　址＊http://www.kadokawa.com.tw
劃撥帳戶＊台灣角川股份有限公司
劃撥帳號＊19487412
法律顧問＊有澤法律事務所
製　　版＊尚騰印刷事業有限公司
I S B N＊978-986-524-094-3